JN142746

増補新版

はるかのひまわり

震災で妹を亡くした姉が綴る
残された者たちの再生の記録

加藤いつか

苦楽堂

増補新版

はるかのひまわり

加藤いつか 著

増補新版のためのまえがき――心を寄せていただいたことへの深い感謝を

阪神淡路大震災から二四回目の日を迎えようとしている一月一六日。午前一一時四五分ごろから娘と一緒に平成最後の歌会始(うたかいはじめ)を観ようとテレビをつけていました。その中で天皇陛下の詠(よ)まれた歌が「はるかのひまわり」でした。ふだん馴染みのない独特な歌の詠み方で最初はピンときませんでした。テレビに文字で映ったときにようやく理解ができました。なんてわかりやすくひまわりの歌を詠(うた)われたんだろうと驚きでいっぱいでした。その日はマスメディアからの取材にコメントを出したり、娘を検診に連れて行ったりとバタバタしながらも、少しづつすごいことだと実感が湧(わ)いてきました。よくテレビで「心を寄せて」というフレーズを聞いていたけどもあまり理解できてはいませんでした。それが今回の歌会始で実感できました。

一四年前に知り合いの女の子が皇后陛下に手渡した「はるかのひまわり」が今もなお皇居の東御苑（ひがしぎょえん）で夏に花を咲かせている事実。災害が続いた平成の時代、二四年前の被災地への思いやりを感じるとともに、まさしく「心を寄せて」を実感する歌でした。

災害の記憶がどんどん薄れていき、関心がない人も多い中、毎年咲いたひまわりから種を取り、その種を翌年にまいて育てられていることに感謝の気持ちしかありません。もう少し娘が大きくなったら夏の皇居のお庭に咲いている「はるかのひまわり」を観に行き、娘に話したいと強く思います。

今もなお被災地への思いを詠（うた）ってくださってほんとうにありがとうございます。はるかの姉として感謝の気持ちをお伝えしたいという思いとともに、「心を寄せて」いただいたことをとてもうれしく思います。

加藤いつか拝

増補新版　はるかのひまわり●もくじ

II

はるかちゃんのひまわり

Ⅲ 震災の「語り部」に

Ⅳ はるかが出会わせてくれた人たち

V 新しい一歩

神戸市略図

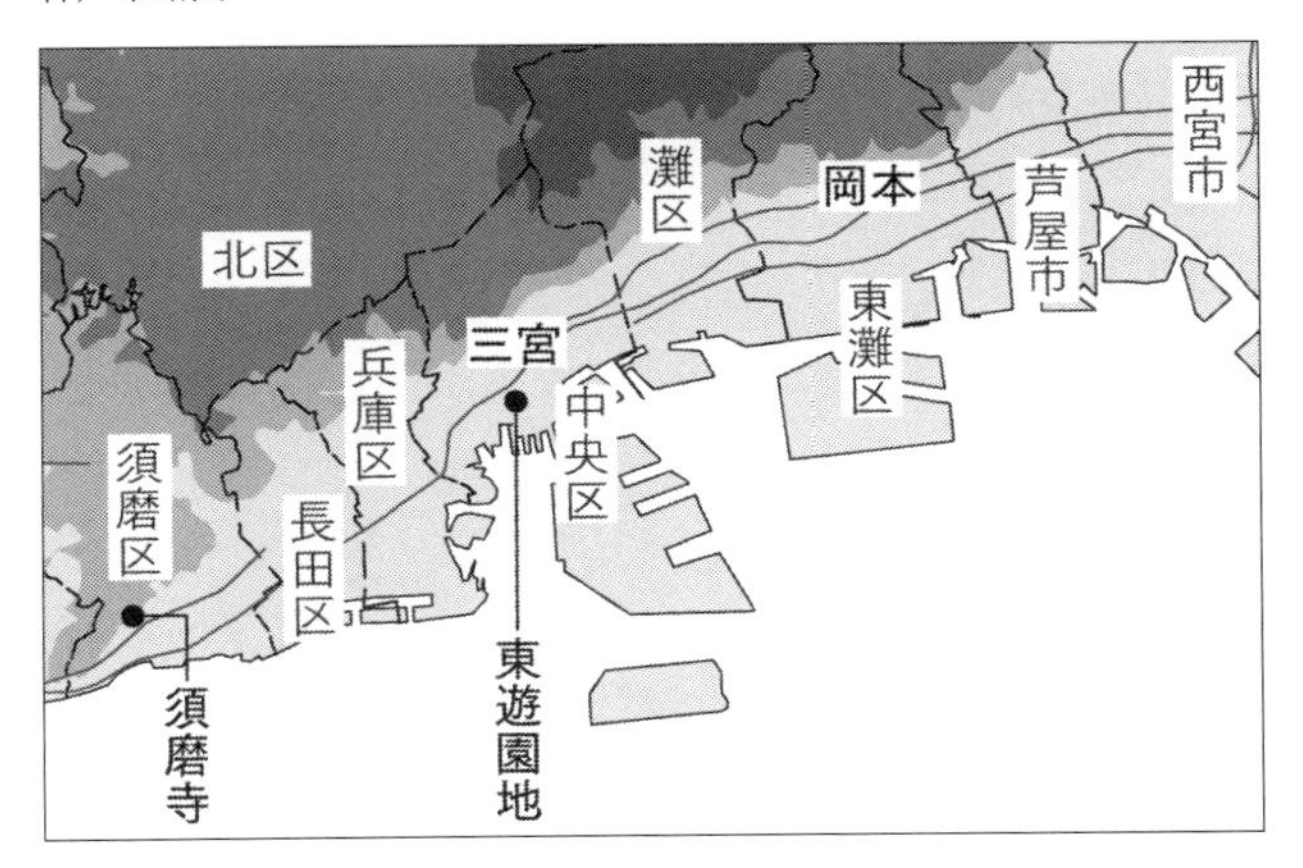

※編集部注
①本書は2004年、ふきのとう書房刊『はるかのひまわり』を加筆改稿したものです。組織名称、肩書きなどは(注記あるもの以外は)執筆時のものです。
②著者・加藤いつかさんが「増補新版のためのまえがき」に書いた《皇居のお庭に咲いている「はるかのひまわり」》は、無料で一般公開されている皇居東御苑で観ることができます。東御苑の休園日は月曜日、金曜日（天皇誕生日以外の「国民の祝日等の休日」は公開。月曜日が休日で公開する場合には火曜日休園)、12月28日～翌年1月3日です。公開時間が時期により異なりますので、事前に宮内庁ウエブページでのご確認をお願いいたします。
●皇居東御苑 - 宮内庁
http://www.kunaicho.go.jp/event/higashigyoen/higashigyoen.html

●御製出典：宮内庁プレスリリース《平成31年「光」》
「平成三十一年歌会始御製御歌及び詠進歌」
http://www.kunaicho.go.jp/culture/utakai/pdf/utakai-h31.pdf

プロローグ

「最後に、今日、成人式を迎えるはずだった妹・はるかに『たくさんの出会いをありがとう』といいたいです」

二〇〇三年一月一三日、私はＮＨＫ「青春メッセージ'03」の全国大会会場である東京のＮＨＫホールに近畿ブロック代表で出場していた。満員の聴衆を前にして、緊張しながらも充実感いっぱいで語ることができた。

「一九九五年一月一七日、午前五時四六分に阪神淡路大震災が私の街、神戸を襲いました。それから八年……。震災で大切な人を失った人たちにとっては、長いような短いような月日……。震災当時、我が家は四人家族。私は一五歳で、中学三年生。妹は一一歳で小学六年生。両親と暮らしていました。あの朝、私は二階で、妹は一階で寝ていました。妹だけが家具の下敷きになって亡くなりました。震災での妹の『死』により、私たち家族の暮らしは大きく変わってしまいました。母は亡くなった妹を思い、毎日のように泣き暮らし、父は対称的に、ただ無言で仕事に逃げているように見えました。私は『自分がしっかりして、両親を守らなければ』と変な責任感に駆られて、両親の前では泣くこともできず、感情を押し殺していました。しかし、時間の経過とともに、いつまでも泣いて私のほうをぜんぜん見てくれない母に対して『生きている私のほうをもっと見てほしい』という気持ちを持つようになりました。先に死んでしまった妹に嫉妬さえ覚えました。

そんな気持ちになっていた私に少しずつ変化が出てきたのは、亡くなった妹『はるか』を通して出会った人たちがいたからです。きっかけは、一輪のひまわりでした。それは生前に妹が可愛がっていた隣の家で飼っていたオウムの餌（えさ）だったひまわりの種から咲いた花でした。その後、その場所にたくさんのひまわりが咲きました。地域の人たちは、その花の種を集め、それを『はるかのひまわり』と名づけて、毎年、絶えることなく植え続けてくれています。

『はるかのひまわり』は、私にたくさんの出会いをつくってくれました。同じ震災を経験した人たちの中で、私は自然と肩の力が抜け、あたりまえに泣くことができるようになりました。みんな、抱えきれないくらいの悲しみを抱えながら、少しでも明るく生きようとしている、自分ひとりだけが悲しくてつらいんじゃない、そう思えるようになりました。

今、私は『1・17希望の灯り』というボランティアグループで、震災を通じて命の大切さを伝えていく活動をしています。私は語り部（かたりべ）として『神戸の街は元気を取り戻したように見えるけど、まだまだ心に悲しみを抱えている人たちがいる、ということを忘れないで』と伝えています。震災を語ることは私にとって、妹の死をしっかり受け止めて、私自身が前を向いて生きていくために大切なことなんです。失った人は戻ってこないけど『ちゃんと一生懸命生きたよ』そう伝えることができるのは残された私たちにしかできないのだから……。最後に、今日、成人式を迎えるはずだった妹・はるかに『たくさんの出会いをありがとう』といいたいです」

Ⅰ

「こんなん家族じゃないわ！」

「自分にとって大切な人を失うことの怖さ」。その怖さを私は震災によって初めて知った。震災でたったひとりの妹「はるか」を失って……。

一瞬にして消えてなくなる「ふつうの生活」

家族が一緒に暮らす、ごくふつうの生活。それが一瞬にして消えてなくなるなんて……。それも、地震のほとんどない神戸で「地震」というかたちで……。しょっちゅう喧嘩して、二人で「ギャーギャー」言い合っていたのに、妹が亡くなった瞬間から喧嘩どころか話をすることもできなくなってしまった。

妹が亡くなってから初めてわかったことがたくさんあった。「きょうだいがいる安心感」とか「どんなに喧嘩をしてもいつも傍(そば)にいる存在」とか。自分にとって妹がどんなに大切な存在だったのか、そして、妹を失うということは自分の体の半分を切り裂かれるようにツライということも。同じ両親から生まれて、同じ血を分けて、同じ家で育ってきた。目には見えないけれど「きょうだい」という絆によって結ばれていたことも。

妹が亡くなって避難所の甲南大学の体育館で生活していたころは、「妹が死んでしまった」という実感はあまりなかった。ただなんとなく「いないんだな」ぐらいにしか思えなかった。避難所の生活は、水や食料の不足する中で、一日一日を生きることが必死なうえ、プライバシーのまったくない集団生活で疲れきっていた。妹の死を受け入れる余裕のない避難生活だった。

三月に避難所から賃貸マンションに移って生活が少しずつ落ちついてくると、「妹が存在しない」ということをひしひしと感じるようになってきた。

たとえば、学校から夕方家に帰ってきて、妹の存在を見つけようと部屋を探している自分がいたりする。しかし、妹の存在が感じられるところは、妹の遺骨が置かれた真新しい仏壇だけだった。

私にとって「妹が存在しない」ということをいやでも認識せざるをえなかった。だから、仏壇の置かれている母の部屋にはよほどのことがないかぎり「入りたい」とも思わなかったし入れなかった。

それに、ときどき、母が夜中に震災の記録写真集などを見て仏壇に向かって悲しんでは泣いている姿を見ていたから、余計に「立ち入ってはいけない」場所のように思っていた。

家族の会話はなくなった

母が夜中に自分の部屋で泣いている姿を初めて見たのは高校一年のときだった。

「お母さんの悲しんで泣いている姿をできるだけ見たくない」と思って、「少しでもいいからお母さんの支えになって助けてあげなくちゃ。そのためには私は心配をかけないでいい子でいなくてはいけない」と思って明るくふるまうようにしていた。

でも、現実には妹が亡くなってから、我が家は「毎日がお通夜」みたいだった。まったくといっていいくらい家族の会話はなくなった。三人で揃って食事をとることもなくなり、お互いがお互いに関心を持たなくなって、まるで他人同士がたまたま同じ家で同居しているみたいでよそよそしかった。以前のように家族揃ってテーブルを囲みながら食事するという姿はなくなっていった。

たまたま家族が揃っていても何も会話がない状態でお互いに無言のまま。その無言の状態がつらくて、何でもいいから会話のきっかけになればと私なりに努力はしてみた。

夕食時に、父と一緒にご飯を食べながら、少し離れた場所に座っている母に向かって「一緒にご飯食べよう」とか、父が母を呼んでいても返事がないときに「お母さん。お父さんが呼んでるよ」とか、ほとんど直接会話をしなくなった両親の間で伝言を伝えたりした。少しでもいいから以前のように両親に会話をしてほしかった。

「はるか」と「震災」に関する話題は、まるで暗黙の了解のように二人ともしなかった。たまたまテレビで震災のことを取りあげていたりすると、ただでさえ重たい空気がもっと重たくなってしまって、すごく息苦しい沈黙が流れ、あわててチャンネルを変えてしまうほど。そして、いくら話題を変えようとしても二人とも無口になってしまい、自然とそれぞれの部屋に戻ってしまうのである。

それでも、時間が経てばきっと以前のように会話のある家庭に戻れると思って、自分なりに頑張ってみた。でも、私なりの頑張りはまったく実ることはなく、相変わらず会話のない家庭のままだった。そんな状態がずっと続いた。

精神神経科へと回され

震災の年の四月に高校に入学した。震災から一年が過ぎようとしていたころから、なぜか自分のことがわからなくなってきた。それまでは特に日常生活で変だと思うこともなかったし、自分のことも変だとは思っていなかったが、ある出来事がきっかけでパニックを起こしてしまった。

震災から一年後の一月一七日、通っていた高校で全校生徒が集まって、阪神淡路大震災の慰霊の集(つど)いを体育館で行なっていたときに事態は起こった。そのときまで震災のことを思い出さないようにしていた自分が、ふいに突然、その場にしゃがみこみ大泣きしてしまった。そのまま誰かに付き添われて保健室へと連れて行かれた。それまではごくふつうにしていて、自分では悲しみに包まれた「遺族」といった素振(そぶ)りは見せていなかったが、黙祷(もくとう)をしているとき、急に震災当時のことや妹が死んだことなどの記憶がよみがえり、それまでずっと自分の心の中にしまいこんでいたたくさんの感情、「妹への思い」や「両親との関係」など、自分の中で整理ができていないことについて、わけのわからない気持ちが涙となって溢（あふ）れ出てきた。

　そのときまで、誰にも気づかれないように押し殺して見て見ぬふりをしていた自分の気持ち。その気持ちが「限界」を超えて自分ではどうすることもできずコントロール不能状態に陥（おちい）ってしまった。でもそのときも、自分では大変なことだという自覚はあまりなかった。

　しかし、慰霊の集いのあとから徐々に私の体に変化が起こってきた。「じんましん」「腹痛」「不眠」などが症状として現れだして、そのたびに保健室のお世話になり、いつしか保健室の「常連」となっていた。近くの病院に通院して薬を処方してもらい、症状がひどければ点滴もしてもらったが、「じんましん」も「腹痛」

も原因がはっきりわからないまま治らなかった。そして腹痛で内科に通院していたのに「精神神経科」へと回されることになった。

精神神経科なんてそれまでの自分には無縁だと思っていたし、私が通いだしたころには今の心療内科のようなオープンなイメージはなくて、暗い特殊なイメージを私は持っていた。「なんで腹痛で精神神経科？」というのが私のすなおな感想だった。とりあえずは、診察を受けて自分の置かれている状況を理解しようと試みたがやっぱりよくわからなかった。ただ思ったのは「精神科が思っていたよりも怖いものではない」ということだった。

その後も症状は改善されないのでよくわからないまま通い続けた。診察は、「最近、何をしたか」「心配事はないか」「家族のこと」など近況報告の聞き取り程度だった。「ここが悪いところだから治す」というのではなくて、ただ世間話や、自分のことについて話して、夜眠れないという症状だったら、気持ちが楽になるようにと薬を処方してもらった。通っているうちに腹痛はいつのまにか起こらなくなったが、不眠症状が続いていたので引き続き精神神経科には通っていた。

授業を早退したり遅刻したりして病院に通っていたので、高校の制服のまま病院に行くことがほとんどだった。周囲の人の目も気になって制服で病院の待合室で待っているのがすごく恥ずかしかった。「高校生が精神科に通うっていうのは周りからどう見えるんだろう」と思っていたし、自分の親にも「精神科に通っている」とはなかなか言えなかった。おそらく理解してもらえないだろうという思いもあったが、ある日、母に打ち明けた。母は「どうしてその歳で精神科に通う必要があるの」と言い、精神科に娘が通っているということがショックだったようだ。それでも、私は相変わらず病院に通い続けた。

学校へ行けなくなった

妹が亡くなった初めのころは、「お母さんは妹が亡くなったショックで、私のことまで気が回らないだけで、いつかきっと私のほうを見てくれるようになる」と思ってそのときが来るのを待っていた。しかし、震災から一年以上経っても母が自分のほうを向いてくれないと感じたときはなんともいえないショックを受けた。そして、私の努力を理解しようとしてくれない母に対して次第に反抗するようになっていった。

「私は母にとって生きていても価値のない人間なんだ」「妹よりも私が死んでしまったほうが母には良かったのではないか」と思い悩んだ。高校三年生のときに、腰椎椎間板（ようついついかんばん）ヘルニアで一ヵ月ぐらい入院したことがあった。出席日数が足りず卒業できるかどうかという瀬戸際での約一ヵ月の入院。体調があまり良くなかったこともあるが、学校に通うことが面倒になって、退院してからほとんど学校に通わなくなってしまった。学校に行かなくなってからというもの、一日中、自分の部屋で閉じこもって過ごす状態になっていった。

長く暗いトンネルを抜け、少しずつ体調も良くなって元気になってくると部屋にこもることはなくなってきたが、やはり高校には通えずに友だちと毎晩のように外に遊びに出かけては明け方に家に戻ってきて昼間寝るという生活を送っていた。そのときの私にとって、家にいることはとても苦痛でしんどかったので一分一秒でも家にいる時間を短くしたくてしょうがなかった。でも、学校にも行かず遊び回っている私を見て、母に少しでもいいから心配でもしてもらいたいと思っている自分がいた。

毎日のように手首を切る

「母の目には自分が映っていない」。それどころか、何も話をしようとしないことに対してあきらめと怒りも混じって、ますます私の夜遊びはエスカレートしていった。週の半分は呑み屋に入りびたり、週末には友だちと朝まで公園で遊んだり、コンビニの前で座り込んでたわいのない話を延々とくりかえしたりしていた。家には着替えに帰るくらいだった。何日も母の顔を見ない日が続いた。それでも、母に求める愛情は大きくて、「妹の代わりに私が死んだほうがよかったのか?」「私も死ねば妹と同じようにお母さんは悲しんでくれるかな」「私が生きていても仕方ないから死んでしまったほうがいい」などと、亡くなってからも母に思われている妹がうらやましくて仕方がなかった。

家の中の重たい空気が苦痛で、少しでもその状況から逃れるために手っ取り早く楽になりたかった。死んでしまいたいと思うようになっていった。

そんなある日、深夜に家の台所から包丁や料理バサミを持ち出し、試しに自分の左の手首を切ってみた。切ったところから暖かい真っ赤な血が流れてくるのを見て「生きてるんだな」と思いながら数回切ってみた。初めて自分で自分を傷つけたときは軽い気持ちだったけれど、次第に「もっと自分を傷つけたい」という欲求と、「母に気づいてもらいたい」という思いが混ぜ合わさって、ほぼ毎日のように自分で自分の手首を切るという行為をくり返していた。

自分で自分を傷つけても仕方がない、もうやめなきゃと思うときがあって、「もう二度としない」と心に誓っても、しばらくして気持ちが沈んできたり、傷つけたい衝動に駆られて、何度も同じ場所を切った。少し気持ちが楽になると、またやってしまったと深く後悔した。そして死ぬことすらできない自分が情けないと思った。

私なりのSOSだった

後悔はするのに、それでも死にたいと思う気持ちはなくならず、外出したときなど、駅のホームで電車を待ちながら「飛び込んだら楽になれるかな……」なんて考えてしまうほどだった。当時の私は、母の愛情を感じることができないことで、「自分が生きている意味」「自分がどうなってしまうのか」などを考える余裕もないくらいにつらかった。自分で自分を傷つけているのも「母に気づいてもらいたい」「自分を見てもらいたい」という、わずかな期待のこもった私なりのSOSだったのだ。

その期待にわずかに応えてもらえたのは数十回も自分を傷つけたあとだった。

ある日、当時通っていた精神科でもらった睡眠薬や精神安定剤を大量に飲んでから手首を切った。意識が朦朧（もうろう）としている中、手首に痛みを感じてぼんやりと目を開けたとき、母が傍らで泣きながら私の手首の手当てをしていた。それを見たとき、「これでお母さんも私のことに気づいてくれた」と、何か変わるかもしれないと期待していた。でも、結局は何も変わることなく、母は私の目につくところから刃物を隠しただけだった。私は相変わらず自分を傷つけることをやめることができずに、自傷行為をくりかえした。そのときは母に対する「私を振り向いてくれない」という思いではなく、自分で自分をコントロールすることができない状態で、どうすることもできなくなっていた。

自分で自分を傷つける「自傷行為」は三ヵ月ほど続いたが、ある出来事があって意外と簡単にやめることができた。それは、いつもの遊び友だちのYさんに手首の傷を発見されて顔を殴られ、「今度、自分で自分を傷つけることがあったら友だちやめる」と真剣に言われたことがきっかけだった。本気になって怒ってくれたYさんのまっすぐなまなざしを見て、そこで初めて目が覚めた。そのことがあってから、自傷行為をしたい衝動に駆られることがあっても「こんなことやめないといけない」と自分に言い聞かせ、なんとか思いとどまることができるようになった。

この家を出よう

会話のない両親の間に挟まれて、我慢しながらお互いの顔色を窺う生活をしばらく送っていた。父とは徐々に少しは話ができるようになってきた。母とは表面的にはふつうの親子のように振舞っていたが、根本的には何も変わることはなかった。

その後、留年したことと、通っていた高校がほかの高校との統廃合で移転が決まっていたので、通信制高校に転入し、結局高校には四年間通った。専門学校に一年通い私が二〇歳になったとき、私の我慢が限界となって、この家を出ようと思った。私の言い出した「家を出たい」という一言で、母と今までにないような本音でぶつかる大喧嘩をした。これまでの言葉だけでの喧嘩でなく、母に手を上げたり物を投げつけたりした。ハサミや椅子なども母に投げつける始末。自分で自分が止(と)められない状態で、今まで言葉にできなかった自分の気持ちが、そのときには口からつぎつぎと出ていた。

「お母さんは、はるかより私が死んだほうがよかったんでしょ！」

「どうして、子どもが両親の顔色を窺いながら気を使わなきゃいけないの！」

「家にいても、疲れるだけでこんなん家族じゃないわ！」

私は泣き叫びながら本音を母にぶつけていた。言葉にしてはいけないと思っていたことを母にぶつけて、そのときはすっきりした反面、あとで「なんであんなに酷(ひど)いことを言ってしまったんだろう」と後悔し落ち込んだりもしたが、一緒にいてもお互いを傷つけてしまうだけだったし、どうしても両親から離れたかった。

そして、二〇歳の春に家を出て同じ東灘区内に住む祖父母宅の近所にアパートを借りた。初めて両親から離れてひとりで暮らすのは、とても快適だった。ときどき荷物を取りに実家に戻るときでも、顔を合わせたくないので着く直前に家に電話を入れ、両親の不在を確認してから帰っていた。実家から私のアパートまで自転車で一五分ほどの距離なのに、ひとり暮らしを始めてから一年くらいはまったくといっていいほど母とは顔を合わせなかった。大喧嘩をして出て行ったので顔を合わせづらかったこともあったけれど、母の顔を見て再び喧嘩になるのがいやだった。

父がポツリと言ったこと

父は震災で怪我をして入院していたので、一緒に生活するようになるのは震災から三ヵ月ほど経ってからのことだった。退院後、一緒に生活をし始めてからも顔を合わせ会話することはなかなかなかった。

父は朝早くに仕事に出かけ、仕事から帰ってくると晩酌（ばんしゃく）をしながらご飯を食べて夜の八時ぐらいには自分の部屋に入って、出てくることはほとんどなかった。休日には朝からお酒を呑んでは寝て、呑んでは寝てということをくりかえしていた。私には父がなにを考えているのかがさっぱりわからなかった。自分の感情をあまり表に出さない父だったから、どこか近寄りがたかった。でも、私と母との仲が悪かったときや、私が家を出て行きたいといったときも話を聞いてくれたりしたのは父だった。一時期は母よりも父との仲が良かった時期があって、一緒に呑みに行った帰りに父が「自分は、はるかが死んだときの気持ちや思いは誰にも言わずに墓場にまで持っていく」とポツリと言ったことがあった。その一言を聞いて無口になっていった父の気持ちをなんとなく理解したような気がした。父にしてみれば娘を失った悲しさから仕事に没頭して逃れようとしていたのかもしれない。私から見れば、仕事中心の生活でなにが楽しいのかがさっぱりわからない父だった。

その父が、二〇〇二年七月末に定年退職になった。自由な時間ができてからはほとんど一日中、家でゴロゴロしてばかりだった。仕事が趣味みたいだっただけに、一日中なにもしないで家にいる父を見ていると「なんか趣味ぐらいないん?」と思っていた。

母の入院

震災以降「家族の死」によって、家族の中で何かが変わってきたり、見えないところでギクシャクしたりした遺族の人たちはいっぱいいたと思う。私の家族もそのひとつだけれど、我が家の場合は精神的なショックだけでなく、怪我や病気というかたちで身体的にもつぎつぎ襲ってきた。洗面所で地震に遭(あ)った父は、うつぶせに倒れ、その上に壁や柱が落ちてきて、しばらく失神した状態で埋まっていた。妹の火葬が終わってから病院に行ったところ、脊椎（せきつい）の圧迫骨折ということでそのまま入院となった。父の退院後、両親と三人だけの暮らしが始まって、しばらくして母の耳が突然遠くなり、近所の耳鼻科に診てもらうと「突発性難聴」と言われた。治療で多少は左耳が聞こえるようになったが、ふだん人としゃべるときよりも少し大きな声で話さなければ聞き取れなくなった。それだけでなく、母は震災のときに七時間ぐらい家の下敷きになっていて、脚の折れたコタツテーブルと床に腕を挟まれて血行が悪くなり、痺（しび）れがずっと残ってしまっていた。

妹が亡くなって以来、母は家にいることがあまりなくなって、よく外出していた。知人などとよく出かけるようになって、夜にならないと帰らないこともしばしばあった。そして、以前のように家の事をしなくなった。そんな母の「お出かけ」にも制限がかかるほどの大きな病気が襲ってきた。生活習慣病である「糖尿病」だった。糖尿病も初期の軽いうちに治療すれば日常生活にあまり支障はないようだが、母は病院が嫌いだからという理由でかなり状態が悪くなってから診察を受けに行ったので、体のあちらこちらに合併症が現れていた。カロリーを制限する食事療法や自己管理を身につける「教育入院」というかたちで西宮市にある大学病院に入院することになった。母が入院することは病気だから仕方がないと思っていたけれど、私には大きな課題が残った。それは「家事」。私はそのとき高校二年生で、学校とバイトで忙しくしていた。だから、学校から帰ってくると父の夕食の用意をしてからバイトに出かけたりと「主婦業」も兼ねなければならなくなり、忙しい日々を過ごすようになった。

そのときは、お母さんってありがたいと思ったりもしたけれど、正直なところ家のことをするのはもうこりごりだと思っていた。母は二ヵ月ほどして退院してきた。糖尿病ということで今後はいろいろと食べる物に制限がかかるから、以前のように「お出かけ」は少なくなるだろうと思ったが、そうはいかなかった。退院後も相変わらず出かけていく母を見ていると、父と同様に「なにを考えているんだろう」と思わずにいられなかった。

突然「親の介護」がやってきた

ある日、母の体が心配で、「糖尿病で食べるものにも制限がかかっているねんから、そんな生活してもっと悪くなって死んでしまったらどうすんの?」と訊いたことがあった。母は、「別に早く死んでもいいねん。はるかのところに行きたいわ。私の体やねんからあんたには関係ないからほっといて」と言った。唖然としつつ、何ともいえない腹立たしさが込み上げてきた。

その後は、母の体を心配して私や周囲の人たちが何を言っても聞く耳を持たず、相変わらず外出する状態で、もう文句を言う気にもならなくなった。そんな母の体に再び病魔が襲ってきた。

それは、私が母と喧嘩してひとり暮らしをしていたころだった。母がまた入院するということを祖父から聞いた。喧嘩中といってもさすがに心配なので母に確認するために電話をかけ「今度はなんで入院するん？」と聞くと「なんか糖尿病だけじゃなく、腎臓の機能が弱ってきたから透析（とうせき）しないといけないかもしれなくて、その透析のために手術せなあかん」という返事だった。「透析？　それって大変やん」とびっくりし、ほんとうに心配した。でも、入院する本人はあっけらかんと話をする。母が透析準備のために入院するころ、私は老人ホームで正職員として働いていて、透析をしている人を何人か知っていた。体力的にも肉体的にも負担が大きい透析をしなければいけないくらいまでの体になってしまった母に対して、「自己管理さえできていれば、そこまで進行しなかったのに」と思ったのと同時に、「まあ、仕方ないな、あれだけ周りが言っても聞かなかった人だし」

と半分あきらめのような気持ちすら抱いた。でも、これから先、死ぬまで透析をしないと母は生きられないと思うと、突然「親の介護」という事態がやってきたことに気づいて目の前が真っ暗になった。いずれは親の介護という問題を、ある程度は覚悟していたつもりだったけれど、当時母は五二歳で、まだ一〇年ぐらいは大丈夫だろうと思っていたから、二二歳の私は大きな問題を抱えることになった。

いくら介護の仕事をしているからといっても、自分の親を他人と同じような気持ちで看(み)れるとは思ってなかったし、親だからむしろ私的感情で許せなくなることもあるだろうと懸念して複雑な気持ちだった。母が入院してからは、家にいてひとりで生活している父が気になり、ときどき家に戻って家事をしたりした。

母がとても小さく感じられて

透析を始めてから母の生活は一変した。以前は、一週間の半分くらいは外出していたものが、週に三回の透析のために通院し、病院から帰ってくるとまっすぐ布団に入って、そのまま寝てしまうという状態。透析の翌日もあまり体調が良くないとほとんど家にいるような状態で、それは震災で妹が亡くなって以来見たこともないような弱った母の姿だった。母がとても小さく感じられてとても悲しかった。

母の体が心配で、手助けできることなら何でもしようと思った。母も以前は「早く死にたい。はるかのところに行きたい」と言っていたのが、「いつかのために少しでも長生きしないとね」と言っていたと人づてに聞いた。震災から八年以上の時間が経っていたけれど、その母の一言はほんとうに「自分のほうを見てくれているんだな」と思える一言だった。でも、できればもっと早いうちに聞きたかった言葉だけれど。

　妹が亡くなってから今まで、たくさんの傷つける言葉、悲しませる言葉を母に投げつけて当たり散らしてきた自分。心配もたくさんかけたと思う。それでも、ずっと見守ってくれていたんだなと思ったとき、母に対して涙が溢（あふ）れるような感謝の気持ちが出てきた。

　それから母に対して私の接し方が少しずつ変わりだした。それまでは、お互いに顔を合わせると喧嘩ばかりしていたのが、相手に気を使うようになった。無理やり家を出てひとり暮らしを始めて、母と距離を置いて初めて気がついたことだった。私が妹を亡くした悲しみと母がわが子（はるか）を亡くした悲しみはどっちも「悲しい」ことに違いはないけれど、親子、きょうだいという関係・立場の違いから、お互いを理解しあうことは容易なことではない、ということもわかった。だから、できるだけ母の立場に立って考えようと心がけるようにした。そのように考えるようになって、徐々に母に対してやさしい気持ちを持てるようになっていった。

「お父さんが倒れた」

そんなある日、「お父さんが突然倒れた」と母から携帯に電話が掛かってきた。その日私はＮＰＯ法人「ＨＡＮＤＳ」の理事会に参加していた。母からの突然の電話で驚き、あわてて実家に戻った。実家のマンションの前に着くと同時ぐらいに救急車が止まった。急いでマンションの四階まで階段を駆け上がると母が出てきて「お父さんがトイレから出るときに倒れた」と言う。トイレに向かうとそこに父はいた。なんとも奇妙というか不思議な倒れ方をしたらしく、どこに手を掛ければ持ち上げることができるかと考えていたところに救急隊の人が来た。父はそのまま病院へと運ばれたが、休日だったこともあって近所の救急指定病院では「検査ができない」と言われた。とりあえず入院という話になったが「男性の大部屋が開いていないので、一日だけ女性と同室でもいいですか」と看護士さんが訊く。「病院変えてください」とお願いした。検査ができないなんて納得できず、母が透析で通っている病院に受け入れてもらった。そこで検査をしてもらうと、やはり即入院だった。栄養失調と脱水症状による意識障害が起きているということだった。

父の入院中はたびたび病院から呼び出されることが続いた。意識障害で、自分が入院していることが理解できないらしく、点滴の針を勝手に抜いたり、言葉もおかしくなり、食事もひとりではとれないという手のかかる患者で、私と母は交代しながら二四時間つきっきりで病院にいた。入院も二ヵ月になりお互いに限界がきて、途中で親戚や友だちに手伝ってもらったりした。父の入院中でも母は透析をしないといけないので体力的にもとてもきつかったと思う。ただ、父の入院している病院と母が透析している病院が同じだったことが救いだった。三ヵ月ほど入院してから父はアルコール依存症の専門治療のために別の病院に転院した。それとほぼ同時に今度は母が入院ということになったので、私にとってはしんどい忙しい日々が続いた。

少しずつかたちになりだした家族

二〇〇二年の秋、私はひとり暮らしをやめて実家に戻って生活することにした。同時に実家も引っ越しすることになった。この年の四月に、母の父が亡くなって、残された祖母がひとり暮らしになり、認知症の症状が出てきたため一緒に暮らすことになった。そして、退院してくる父と祖母の面倒を母ひとりでみることは大変だろうと思い、私が一緒に住むことになった。

母の週三回の透析のための通院も、帰りは病院に迎えに行くほど私たち母子の関係は回復してきた。

妹が亡くなった当時には考えられない、今の母との関係。たまには、つまらないことで口喧嘩ぐらいはするけれど、以前のように喧嘩を引きずることはない。できることなら今のままの関係で過ごしていけたらと思う。震災から七年半が過ぎ、私は二三歳になった。長い時間がかかったけれど、私のわがままを許してくれ、ひとり暮らしをさせてくれたことは、冷静に母を見るためにも必要な時間だったのだと思うし、お互いのために必要な冷却期間だった。そして、お互いが少しやさしくなれたような気がする。

このように私の両親については、震災が起因となって病気になったのではないかと思えるし、はるかの死が大きな心のダメージになっていることは確かだと思う。震災がなければこんなしんどいことはなかったのではないかと思うけれど、そんなことをいまさら言っても仕方のないこと。ようやく少しずつかたちになりだした家族。けっして震災以前に戻ることはできないけれど、ともに生きていくためにやっと芽を出した新しい絆を大事にしていきたい。

II　はるかちゃんのひまわり

瓦礫に芽を出したひまわり

震災で妹が亡くなった一九九五年のその夏。震災当時、私たち家族が住んでいた神戸市東灘区岡本のアパートも大まかな瓦礫（がれき）の撤去が終わり、以前の面影（おもかげ）もなくなってただの更地となった。その場所に不思議な出来事が起こった。

ちょうど、私たち家族の住んでいた場所あたりに「ひまわり」の花が一輪咲き、その後もつぎつぎと太陽に向かって黄色い大きな花を咲かせていった。私たち家族の住んでいる家は昔の長屋のような造りで一所帯に一階と二階があり、隣とは壁一枚でつながっていた。そんな家が四軒つながり、向かいにも同じ造りの家が五軒並んでいた。私たち家族の隣には中年のHさん夫婦が住んでいて、そのご夫婦が飼っていた鳥たちの餌（えさ）がひまわりだった。オウムや小鳥や猫などが飼われていて、鳥の餌にひまわりの種を与えていた。妹がときどき隣の家にお邪魔してひまわりの餌をあげてかわいがっていたようだ。

このアパートは、震災のときに二階部分が横にずれてしまい、一階部分が押し潰されたようになり全壊してしまった。その瓦礫に、隣家の鳥たちの餌だったひまわりの種が散乱し、震災の年の春に全壊した家を取り壊し更地となった家の跡地から、偶然にもひまわりが芽を出した。そこは雑草もたくさん生い茂っていて誰の目に留まることもなく、ただじっと無言でひまわりは成長していった。

妹の同級生のお父さんが教えてくれた

同じころ、私は新しく移ったマンションから高校までを自転車で通っていて、震災当時に住んでいた家のすぐ隣の道を通っていた。けれど、当時の私は妹が亡くなった悲しい思い出ばかりが残っている場所には立ち寄ろうという気持ちがなかった。

季節が春から夏に移り、学校が夏休みに入るころ、震災のとき、亡くなった妹を全壊した家から引っ張り出し、生き埋めとなった母を助け出してくれた妹の同級生のお父さんの藤野芳雄さんが、「はるかちゃんの亡くなった場所にひまわりが一輪咲いている」と教えてくれた。藤野さんは震災当時、我が家から歩いて二分ほどの場所で「あづまや」という飲食店を営んでいて、よく出前で町内をバイクで走っていたから、妹が亡くなった場所からひまわりが成長する状況がよくわかっていたんだと思う。

「ひまわりが一輪咲いている」と聞いてからしばらくして、今度は「大きなひまわりの花がたくさん咲いている」と聞いた。正直「ドキッ」とした。目で見てみたいと思って、気持ちの整理をつけてから、数日後にひまわりの咲いた場所に行ってみた。その場所に行くことは、否応(いやおう)なしに震災のことを思い出させ、ふだんの生活で「妹が亡くなったこと、妹が存在していたこと」を忘れようとし、周囲にも隠そうとしていた私に、「妹の死」「妹が存在したこと」を現実として目の前に突きつけられるようなものだった。気持ちの整理をしたつもりでも、実際にその場所に行く途中、わけのわからない不安な気持ちでいっぱいだった。

なんでこんなところに咲くんやろう？

でも、「その場所」でひまわりの花を見た瞬間、不安な気持ちは消し飛んでなんともいえない気持ちになった。「なんでこんなところにひまわりが咲くんやろう」と不思議だった。ひまわりは、まるで何かを訴えかけているかのように、真夏の太陽に向かってまっすぐに伸びた茎（くき）の先に大きな花を咲かせていた。それは亡くなった妹が「自分はここで生きていたよ」「私のことを忘れないでね」と伝えるために姿を変えて訴えているかのようだった。そう思ったとき、ふいに涙が溢（あふ）れ出てきた。震災以降、自分を失う怖さや不安、私だけは泣いてはいけないという思いがあって、泣くことを忘れていた私にとって、久しぶりに自然に流れる涙だった。

しかし、その日以降はひまわりの咲く場所に足を運ぶことはなかった。その場所にいると今の自分を失ってしまいそうな気がして怖いとすら思っていた。その年の夏は、藤野さんや母からひまわりの状況を聞くだけで終わってしまった。だから、藤野さんや地域の人たちがそのひまわりから種を採って保存をしているなんて、ずっとあとになって種をもらうまで知ることはなかった。

近寄らないようにしていた

藤野さんたちは、震災の翌年から更地(さらち)となった場所にひまわりの種をまき花を咲かせていった。月日が経ち更地がつぎつぎとなくなっていくと、今度は妹が通っていた小学校の前の道路沿いにひまわりを咲かせていった。そのうち、そのひまわりの花は「はるかちゃんのひまわり」と呼ばれるようになった。藤野さんや地域の人たちの手によって花を咲かせているひまわりは、震災から復興への思いが込められ、ずっと大切にされてきていた。

ほんとうならば、はるかの名前がつけられ、家族としてもうれしいことなのだと思うけれど、藤野さんたちがひまわりを咲かせ始めたころは、「震災のことは忘れよう」「妹は震災で亡くなったのではなくて、初めから存在していなかった」と思い込むことで自分の心のバランスをギリギリの状態で保って生活をしていた。震災のことを無理やりに思い出させる「はるかのひまわり」は、忘れようとしている私の目の前に「妹の死」を現実として突きつけられているように思えて、当時の私にはとてもつらいことだった。

だから毎年、ひまわりの種まきの日程を藤野さんから教えてもらっても、自分からすすんで種まきに参加しようとも思わなかったし、そのような活動にできるだけ近寄らないようにしていた。当時通っていた高校の前や通学路にもひまわりの花は咲いていたので、その花を見て「今年もやってたんだ」とは思っていたけれど、興味は湧いてこなかった。

シンボルフラワー

ひまわりの種をまき咲かせる活動にほとんど興味を示さなかった私に、少しずつ変化が出てきた。きっかけは、二〇〇一年に神戸市が行なった「神戸21世紀・復興記念事業」のひとつ「神戸からの感謝の手紙」に遺族として関わったことだった。その事業では、〝神戸からありがとう〟の気持ちを伝えるのにふさわしいとしてひまわりの花が市民からのアンケートで選ばれ、シンボルフラワーとして採用されることになった。ひまわりは太陽に向かってまっすぐに力強く咲き、大輪の花を咲かせたあとにまた次の年へと多くの種を残していくからという理由だった。

選ばれた背景には妹の「はるかのひまわり」の話が広がっていて、その影響もあったらしい。

少女画家・アレキサンドラ

「神戸からの感謝の手紙」に関わる中で出会った少女の画家がアレキサンドラ・ニキータだった。アレキサンドラは、生まれ持った豊かな感性から「絵筆を持ったモーツァルト」「小さなピカソ」と呼ばれていた。ルーマニア生まれでアメリカ在住、二歳から絵筆を持ち始め、八歳で個展を開くほどだった。彼女の描く作品はグラミー賞公式ポスターに採用されるなど、各方面から作品依頼が殺到している。今では世界的に高い評価を受けていて、国連の芸術平和大使にも任命されて活躍している。そんな彼女が、神戸に絵を寄贈してくれた。「ひまわりの涙（はるかちゃんのひまわり)」という大きな油絵で、震災で亡くなった私の妹とひまわりのエピソードを知人から聞いて深く感銘を受け、「震災で犠牲になられた方々への鎮魂と命の大切さを訴えるものを」と描いたものだった。彼女自身も阪神淡路大震災のちょうど一年前の一九九四年一月一七日に起こったロサンゼルス地震を経験していたこともあって心を動かされたということだった。

アレキサンドラに初めて出会ったのは二〇〇一年一月一五日。とても一五歳の少女には見えず、どこか大人っぽかった。それでいて、「とても人を惹(ひ)きつける魅力のある人」だと思った。笑顔がとても素敵でキュートだった。彼女の描いた「はるかちゃんのひまわり」を初めて見て、とても温かくて、やさしさと力強さを感じた。絵の一部に本物のひまわりの種が使われていて、うれしく感じた。亡くなった妹が姿を変えて戻ってきたみたいに思った。彼女と出会えたことは、私にとって大きな喜びになったと同時に心が癒(いや)されていくようだった。彼女が来神中の数日間、何度も会う機会があり話をする時間が持てた。私は英語なんて話すことができないので通訳の人を通してだけれど、話すたびにすごい人なんだと何度も思い、ただただ感謝の気持ちでいっぱいだった。

初めて自分の意思で種まきに

アレキサンドラとの出会いがあったその年も「ひまわりの種まき」に参加する気持ちにはならなくて、少しだけ顔を出すくらいだった。

震災から七年が過ぎた二〇〇二年三月になって、初めて自分の意思で「はるかのひまわり」の種まきに参加することとなった。しかも、計画を立てる段階から参加し、準備を自分がすすめていくことになった。最初から「ひまわりの種まき」をしていた藤野さんたちと打ち合わせをしたり、ＮＰＯの方とも調整をしてもらったりして、なんとか無事に種まきの当日へとこぎつけた。計画の段階から関わりだした当初は、「大丈夫かな？　できるかな」と不安も少しあったけれど、いざ当日になると不安も消し飛んで、思っていたよりも気分は晴れ晴れとしていた。

当日は、震災当時に妹が通っていた小学校の校長先生、私の小学校のときの担任だった先生、そして地元の人たち、ＨＡＮＤＳの仲間たちなどがたくさん参加してくれて、とてもうれしかった。種まきに自らすすんで参加することによって、私の中でいままで抱いていた気持ちに少しずつ変化が現れてきた。それまでは、はるかの存在があまりにも大きすぎて「はるかちゃんのお姉ちゃん」と呼ばれるたびに、私という存在がどんどん小さくなっていくような気がして、自分がまるではるかのオプションになったような気分だった。ときどきはるかと間違って名前を呼ばれるたびに「私は、はるかじゃなく、いつかです」なんてけっこうムキになって言っていたぐらいで、名前を間違えられることがすごくいやだった。亡くなってから存在の大きくなった妹は、私にとって息苦しさと同時に重苦しさを感じさせる存在になっていた。でも、自分から種まきに参加したころから、それを徐々に感じなくなっていった。たくさんの人の力を借りながら種まきをやり遂げたという達成感と、「私は私」という気持ちが持てるようになったからだと思う。そのうち、はるかと間違われて呼ばれても「まあ、仕方ないか」と思えるようになって抵抗感もなくなっていった。以前は重たかったはるかの存在も、荷物を降ろしたようにそれほど重たく感じなくなった。

「ひまわりウォーク」の思い

ひまわりの種まきに初めて参加した年に、みんなで種をまいた場所を歩こうと計画し、「ひまわりウォーク」とづけたそれを行なった。七月の終わりに約三キロメートルの距離を五〇名ぐらいの参加者と一緒に歩き、途中で妹の通った小学校などに立ち寄りながら、その場所に関係のある人たちに話を聞いたりした。

「種まき」「ウォーク」をしたことで少しずつ自分にも自信が持てて、翌年の二〇〇三年も計画の段階から参加した。その年は、前年以上にたくさんの人が参加して種まきが行なわれた。四月に行なった種まき当日は晴天で、少し暑いくらいの天気だったが、参加してくれた人たちはそれぞれに種をまく道路の植え込みに生えている雑草抜きから始めて、最後に種を植えた場所にプレートを立てるまでの作業を頑張った。最初はお互いに知らない人どうしでも、一緒に作業をしているうちに自然と会話を交わすようになっていった。その姿を見て「こんなんいいな」と思い、やってよかったとうれしくなった。

震災のことを知らない人、初めて参加してくれた人や地域の人がお互いに協力し合いながら、「種まき」が少しずつ広がっていった。「種まき」が終わると今まで感じたことのない満足感のようなものが残った。

震災のことを知ってほしい、忘れないでほしいという思いが「ひまわりの種まき」「ひまわりウォーク」を続けさせているんだと思う。

一時は、妹の存在がうっとうしくて仕方がないと感じたりしていたこともあった。自分の気持ちの変化によって、ようやく今になって「はるか」という存在が私にとって、とても大切な存在でかけがえのないものだということに気がついた。「はるか」という存在があったからいろいろな人たちに出会うこともできたし、妹にありがとうという気持ちを持てるようになったんだと思う。HANDSの活動を始めてから「はるかのひまわりの種を分けてほしい」といった連絡をもらうこともある。それは、私としてもとてもうれしくて、できることなら直接手渡しをしたいと思うくらい。

震災から一〇年近くの月日が流れて、阪神淡路大震災のことが忘れられていく中で「はるかのひまわり」を通して命の大切さや、地震の怖さを考えようとしている人たちの輪が広がっているのはとてもうれしい。

友だちの心の中で生きている

二〇〇三年に妹の友だちで同級生だったYちゃんが短大を卒業し、就職して初めてもらった給料で「ひまわりの花束」を我が家にプレゼントしてくれた。彼女の温かい気持ちの詰まった花束はとてもうれしかった。同時に、あらためて時間の経つ早さを感じさせられた。その夏にも、Yちゃんは妹と仲のよかったもうひとりの友だちで関東に引っ越したCちゃんと一緒に、我が家を訪ねてくれ、妹の仏壇に手を合わせてくれた。母とともに出迎える準備のときからソワソワしながら、ふだん、なかなか会う機会のないふたりに会えてほんとうによかった。

震災から八年以上経ってなお、妹のことを忘れずに訪ねてきてくれる彼女たちに感謝しつつ、友だちに忘れられることなく覚えてもらっている妹がうらやましく思えた。これから先も、妹は姿はなくとも彼女たちの心の中で生きているんだと思うと涙が出てきそうだった。

III　震災の「語り部」に

NPOの理事って何すんの？

二〇〇二年三月、私は「1・17希望の灯り」というNPO法人の設立総会会場で発起人のひとりとして席に座っていた。前の年の年末に「NPO法人を設立する」という話は聞いて知っていたが、まさかその中に自分が含まれているなんてまったく知らなかった。たしかに、「NPOをつくる」と聞いたときに「手伝いたい」とは言ったけれど、あくまでも手伝い程度と思っていたから、設立総会をするほどの大それたものだとは思ってもいなかった。

しかも、NPOをつくるという話を聞いた半月後の一月一六日に「1・17の集い」の会場に行ったら、「はい」っと「発起人　加藤いつか」と書かれた名刺の入ったケースを手渡された。一瞬「これはいったい何？」と思って、自分の置かれている状況と、手渡された名刺の意味を理解するのにしばらく時間がかかった。

「そんなん、いきなり発起人って書かれた名刺を渡されても……」と戸惑(とまど)った。発起人という意味も何をするのかもよく理解できていなかった。発起人と書かれた名刺をもらっていたほかの人たちをよく見ると、自分よりもはるかに年上の「お父さん・お母さん世代」の人ばかりで、自分ひとりだけ歳がかけ離れていて、一緒にいるのが場違いのような気がした。もらった名刺はなんだか重たくて、私には恐れ多いものでしかなく、とりあえず家に持って帰ったもののなかなか使うことはできなかった。三月の「設立総会」が終わってからしばらく経って、私は「発起人」から「理事」となっていた。私が理事になったことを知った友人たちからは「肩書きだけりっぱになって……」とか「えっ、あんたが理事?」「なんか、事件を起こしたらニュースになるから気をつけな」などと言われる始末だった。

両親はなんの前触れもなく私からいきなり「なんだかわからないけど理事になってしまった」と聞かされ驚いた様子だった。でも、実際のところ一番びっくりしたのは自分自身で、いきなり理事って言われてもそんなこと聞いてないしと思ったし、半分「だまされている気分」だった。「理事って何すんの？」というのが本音で、不安でいっぱいだった。

その後、ＮＰＯ代表の堀内正美（まさみ）さんが、私を理事とした理由は「若い人を入れて理事の平均年齢を少しでも下げるため」という冗談か本気かわからないことを言っていて、その言葉を聞いて「なんだ、そうなんだ。それならいいや」と妙に納得してしまった。でも、なんで私が理事になったのかは堀内さんにいまだに聞けないままで、ずっと理事を続けている。

「ＨＡＮＤＳ」の原点

三月の設立総会後にＮＰＯ法人として申請を出し、七月には無事に県よりＮＰＯ法人「阪神淡路大震災１・17希望の灯り（Hanshin-Awaji Network for Disaster

Survivors 略称・HANDS——ハンズ）」としての認可がおりた。そのころになってようやく「1・17希望の灯り」の活動内容・方向がわかってきた。これまで定期的に行なってきた活動に、毎月一七日前後の土曜日か日曜日の「1・17希望の灯り」というモニュメント（「ルミナリエ」や「1・17」の集いの会場にもなっている神戸市中央区の東遊園地内に設置され、NPOの名前の由来にもなっている）の掃除がある。

　このモニュメントは、震災で失われた命と、震災によって培われた人と人とのつながりを語り継いでいくためにつくられた。*被災一〇市一〇町のモニュメント

＊被災一〇市一〇町　阪神淡路大震災で災害救助法が適用された以下の一二市（被災当時の一〇市一〇町）。①神戸市、②尼崎市、③西宮市、④芦屋市、⑤伊丹市、⑥宝塚市、⑦川西市、⑧明石市、⑨三木市、⑩洲本市（❶旧五色町を含む）、淡路市（❷旧淡路町、❸旧東浦町、❹旧津名町、❺旧北淡町、❻旧一宮町）、南あわじ市（❼旧緑町、❽旧西淡町、❾旧三原町、❿旧南淡町）。

を巡って運んだ種火と、県外被災者、ボランティアの手によって四七都道府県から寄せられた種火をひとつにしてガス灯に灯されている。モニュメントは「震災モニュメントウォーク」に携わってきたご遺族やボランティアなどの人びとの手によって震災から五年目の二〇〇〇年一月一七日に建立（けんりつ）されたもの。だから「1・17希望の灯り」というモニュメントはNPO法人「1・17希望の灯り」にとって、とても大切で、たくさんの人の思いが込められた、活動のスタート地点・原点だと思っている。

モニュメントの台座正面にはつぎのような碑文が刻まれている。

一・一七 希望の灯り

一九九五年一月十七日午前五時四十六分

阪神淡路大震災

震災が奪ったもの
命　仕事　団欒（だんらん）　街並み　思い出
…たった一秒先が予知出来ない人間の限界…
震災が残してくれたもの
やさしさ　思いやり　絆（きずな）　仲間

この灯りは
奪われた

すべてのいのちと
生き残った
わたしたちの思いを
むすびつなぐ

「1・17希望の灯り」の隣には「慰霊と復興のモニュメント」がある。そこには、神戸市内で亡くなった人と神戸市内に住所があって亡くなった四五一七名の名前がプレートに刻まれて掲示されている。もちろん、亡くなった妹のはるかの名前もある。今では市外で亡くなった人、震災が遠因で亡くなった人でご遺族が希望する場合にもプレートに刻むようになり、あらたに一六九名の方の名前が加えられた（※編集部注・二〇一九年一月一七日時点で総計五〇一二名）。だからこそ、その二つのモニュメントを掃除するときは、「大切にしなくては」という思いから力が入る。

このほか、NPOの活動として一月一七日には「阪神淡路大震災1・17の集い」の開催、「1・17希望の灯りの分灯」、二、三ヵ月に一度のペースで「震災モニュメント交流ウォーク」(略称「モニュメントウォーク」)、さらに「修学旅行などの震災学習の受け入れ」「震災の語り部」「いのちのフォーラム」「はるかのひまわりの種まき」「ひまわりウォーク」などいろいろと行なっている。

その中の「モニュメントウォーク」は、震災後に被災地の公園や街角、学校などに建てられた「慰霊碑」「追悼碑」「モニュメント」の所在地を記した「震災モニュメントマップ」(略称「マップ」)を頼りにそれらを訪ねて、慰霊と参加した人たちの交流も図っている。そのウォークの元になっている「マップ」は一九九九年一月一七日に初めて発行し、二〇〇一年の改訂版では一五八のモニュメントが記載され、二〇〇三年末発行のものは二三六にまでモニュメントの数は増えている。

ありのまま話すだけ

私は、「修学旅行などの震災学習の受け入れ」「震災の語り部（かたりべ）」「はるかのひまわりの種まき」「ひまわりウォーク」などに関わっている。「修学旅行などの震災学習」「震災の語り部」は、他府県の修学旅行生なら宿泊先に行ったり、兵庫県内の小学校、中学校なら学校を訪ねたりして「私の経験した震災」の話、「命の大切さ」などを話している。

話の中身は、自分が体験したことをありのまま話すだけ。たとえば、震災当時、はるかをはじめたくさんの遺体が安置されていた避難所の学校の体育館で、火葬するまで一緒に過ごしたこと、避難所での生活、高校受験を控えていてボランティアの大学生に勉強を教えてもらったこと。さらに、借りたマンションに避難所から引っ越して家族一緒の生活が始まって、どんどん家族関係が悪くなっていったことや、「死にたい」と思って自傷行為をくりかえしたこと。精神科に今も通っていて、たびたび気持ちが落ち込んでしまうこと。もちろん、「はるかのひまわり」の話もするし、ひまわりの種も持っていく。

そして、突然親しい人を失うことは、どれだけつらくて悲しいことかを譬え話です る。

「仲のいい友だちとささいなことで喧嘩して『もう二度と口きかない』『嫌い』と言ってしまって別れた後、もしその友だちと事件や事故で二度と会えなくなってしまったら、『なんで嫌いなんて言ってしまったんだろう』と後悔するから、今、一緒にいる友だちや家族や大切な人を大事にしてください」と話したりしている。

自分が鍛えられる「語り部」

「もし、地震が起こったときに皆さんはドコに避難をすればいいですか」「非常事態に持ち出したら便利だと思うもの」等々、生徒たちに質問すると面白い答えが返ってくる。「米」「カップラーメン」「衣類などの着替え」などの答えを思いついたことはなんとなくわかるんだけど、水もなければ電気もガスもない状況では「米」「カップラーメン」は食べられない、と話す。また、震災を経験した私でも思いつかない、たとえば鉄パイプや通帳という発言もあった。ほかにも「水を家に蓄(たくわ)えていますか」との問いに約半数ぐらいの生徒が「蓄えていない」という回答だった。

実際のところ各家庭には国や自治体などが言うほど防災意識は浸透していないように思う。また、私は市販されている「非常持ち出し袋」の中身なんてあんまり役に立たないと思っているから、備えている家庭は少ないのかもしれない。だから、「もうちょっと効果のある対策考えたら?」なんて国などに対して思ってしまう。大型の貯水タンクをつくるのも大切だけど、「もっとたくさんほかにすることあるんじゃないの?」って。たとえば、各家庭で「非常持ち出し袋」をつくらせてみるとか、ハザードマップの浸透を図るとか、家具の固定具を安価で提供するとか、そんなことを「語り部」として自分自身の経験を話したり、震災のことを話したりするときに思う。

「語り部」として自分の経験した震災のことを話すのは私自身にとって勉強になるし、鍛えられる。以前は話したくなかったことでも、人に話すことによって自分自身を振り返ることができ、また話すことで気持ちが楽になったりするし、心の整理もできたりする。話をした生徒たちからしばらくしてお礼や感想の手紙をもらうと「やってよかった」「次も頑張らないと」と、かえって私のほうが励まされることもある。

「はるか」が身近にいるように感じて

二〇〇四年の一月、かつて妹が通っていた小学校で話をさせてもらう機会があった。全校児童約一二〇〇名の前で話をするのは、すごく緊張した。小学一年生から六年生までの児童にわかってもらうように、少しでもわかりやすい言葉で話そうといろいろ考えていた。話の中で「小学校の前にひまわりの花が夏に咲いているのを知っている人は手をあげて」と訊き、ほとんどの児童が手をあげてくれたときはうれしかった。さらに、「そのひまわりの名前を知っている人」と尋ねると、「はるかちゃんのひまわり」とすぐに答えが返ってきた。うれしさだけじゃなく、ちょっと感動してしまった。

実の妹を「ちゃん」づけで呼ぶのは恥ずかしいので、私は「はるかのひまわり」と呼び捨てにしているけれど、震災から九年もたって「はるか」の名前が出てきて、はるかが身近にいるように感じてうれしくなった。近ごろは「語り部」をさせてもらってとてもよかったと思うし、これからも少しでも多くの人に話をすることができればいいなと思っている。

1・17の集いに初参加

毎年一月一七日の震災が起こった日を祈念して開かれる神戸市中央区東遊園地での「1・17の集い」の追悼行事は、HANDSにとっても私にとっても準備の段階から時間がかかるが大切な活動だ。ふだん、なかなか神戸に来ることができない遺族の人やたくさんの人が前夜から集まってきて、暖房が効いた大型テントの中で一夜を一緒に過ごす交流の場になっている。

私は、二〇〇三年一月一七日に初めて集いに参加した。何日も前から準備し、前日からは泊り込みでいろんな人と出会って話をして過ごしたり、亡くなった妹を思い浮かべてみたり、鎮魂とともに出会いの大切な時間だ。

二〇〇三年は初めて「遺族代表」で追悼文を読んだ。それはとても気の重たいプレッシャーのかかることだった。しかし、実際に何百人、何千人という大勢の人の前で読んでみると、思っていたほど気持ちとしてはつらくなくて、それどころか、なにか吹っ切れた気分だった。だからだろうか、二〇〇四年一月一七日もやはり前日から参加したけれど、なぜかよく笑っていた。ここまでの気持ちになれたのも、たぶんＨＡＮＤＳの活動をしてたくさんの人の温かさにふれ、なにより、ほかの理事の人たち、いつもサポートしてくれる人たちなどたくさんの人に支えられてきたからだと思う。

まだまだ、理事として半人前で手のかかる私が、どこまでできるかはわからないけれど、今の自分にできることを精いっぱいしていきたいし、震災のことについて話す機会があればどこでも飛んでいきたいと思っている。これからも、ＨＡＮＤＳの活動にかかわってずっと震災のことを伝えていきたい。

認定特定非営利活動法人「阪神淡路大震災１・17希望の灯り」（ＨＡＮＤＳ）

事務局　〒６５３－１１３１　神戸市北区北五葉１－13－１　レ・アール３Ｆ

電話　０５０（３５９０）０１１７　ＦＡＸ　０７８（３３０）４１１７

ホームページアドレス　http://www.117kibounoakari.jp

Ⅳ　はるかが出会わせてくれた人たち

震災を経験してからこれまで、たくさんの人に出会うことができた。いろいろな人に助けてもらい感謝の気持ちでいっぱいだ。はるかが出会わせてくれたそんな人たちについて紹介したい。

「それは恥ずかしいことじゃない」

ＮＰＯ法人「１・17希望の灯り」の代表で、周りから愛称「殿（との）」と呼ばれ慕（した）われている堀内正美（まさみ）さんと初めて会ったのは二〇〇一年の一月のこと。21世紀復興記念事業のひとつである「神戸からの感謝の手紙」で「はるかちゃんのひまわり」の絵を神戸に寄贈してくれたアメリカの画家アレキサンドラ・ニキータが一月一七日を前に来神して、妹が通っていた神戸市立本山第二小学校で在校生との交流会を持つことになった。その会場で堀内さんと出会った。そのときの第一印象は「主催者側の偉いおっさん」だった。俳優を本業としている堀内正美という人の存在も知らなかったし、テレビなどで観たという記憶もない。会場でいろいろと仕切っていた堀内さんは「主催者側の人」としか映らなかった。

後日に堀内さんから「ぼくが俳優だって知ってる?」と訊かれたときには「えっ、俳優なんですか? 知らないです」と訊き返してしまった。堀内さんは自分の出演しているビデオを貸してくれた。そのビデオを観て初めて俳優ということがわかった。

セリフを覚えたり、自分とは違う人格の役を演じたりするので、「俳優っていう仕事はすごいんだな」と思ったし、今まで俳優という人に接したことがないので別世界の人と思っていたけれど、実際の堀内さんはとても話しやすい気さくな人だった。「3年B組金八先生」などのテレビドラマ、映画や舞台の仕事をしながら、堀内さんは震災直後に市民ボランティア「がんばろう!! 神戸」を結成し、これまでずっと被災者の支援や町の復興などの活動に取り組んできた。でも、ときどきテレビで観る堀内さんは悪役が多く、よく殺されているので、たまにいい人の役だと物足りなさを感じる。

その後も堀内さんとたびたび話をする機会があって、いろいろと話していくうちに私自身も堀内さんに対して心を開いて話をすることができるようになった。私自身のことや、私が震災を経験して感じたことなどを話したり、また相談にのってもらったりもした。

いろんな話をしている中で、今も心に残っているのが「人前でも泣けばいいし、それは恥ずかしいことじゃない。かっこつけてないで泣け」という言葉だった。その言葉を堀内さんから聞くまでは、私は人前で泣くことは恥ずかしいことだと思っていた。自分の気持ちを見透かされているように思えたからだ。堀内さんの一言で、それまで私の中にあった「泣くことへの抵抗」みたいなものがなくなって、今ではすなおに泣くことができるようになっている。きっと、堀内さんの一言は今まで誰も言ってくれなくて、そのときの私が言ってほしかった一番の言葉だったんだと思う。その言葉を私に言ってくれたことで、すごく安心できる人だと思ったし、頼りになる父のような存在だと思っている。

二〇〇三年の一月一六日の深夜、翌朝からの「1・17の集い」を目前に控えて、震災以来初めて自宅以外で一月一七日を迎える私が不安になって、ひとりで会場内をさまよいながら落ち込んでたときに、堀内さんは私を探して不安な気持ちをやわらげようと傍(そば)にいてくれた。すごく気を遣(つか)ってくれているのがとてもうれしかった。ほかにも「ひまわりの種まき」の案内などの文書を書くときには必ず「堀内チェック」をしてもらい、修正してもらっている。いろいろな場面で助けてもらい、とても感謝している。私がNPOの理事になったのは堀内さんに半分だまされたみたいな感じだけど、堀内さんと出会ったこと、いろいろな話をしてきたことで、自分自身の気持ちのゴチャゴチャとした整理のつかなかった部分がかな

恐れ入りますが
郵便切手を
お貼りください

郵 便 は が き

650-0024

兵庫県神戸市中央区
海岸通2-3-11 昭和ビル101
苦楽堂 行

お名前	性別	ご年齢	歳
ご住所 〒			
ご職業もしくは学年			
お買い上げ書店名 （都道府県　　市区町村　　）			

※個人情報は苦楽堂の出版企画のみに用い、社外への提供は一切行いません。

『増補新版 はるかのひまわり』をお求め戴きありがとうございます。

以下の欄に本書をお読みになってのご感想・ご意見をご自由にお書きください。

りスッキリとできたと思う。「泣くことが恥ずかしい」と思って耐えていた私は「泣いたらいい」という堀内さんの一言で泣くことに抵抗がなくなった。「妹を亡くした悲しみ」を周りから理解してもらえなかったころ、共感してくれて気持ちが楽になった。数え上げればいくつもある。

この人と話がしたい!

二〇〇二年一一月にNPO法人「1・17希望の灯り」が行なったフォーラムで出会った人が「犯罪被害者きょうだいの会・B&S」代表の三笠貴子さんだった。三笠さんとはほんとうに偶然に出会うことができた。たまたま、用事で関西に来ていた三笠さんがそのフォーラムに参加していて、「きょうだいを失った悲しみ」「きょうだいの苦しみ」などをフロアーから話してくれた。そのフォーラムでパネリストとして前に座っていた私は、彼女の話を聞いて「この人と話がしたい!」

と即座に思った。彼女の話を聞いてすごく惹かれるものがあり、もっと話が聞きたいと思った。フォーラム終了後にＮＰＯの人たち、フォーラムにパネリストとして参加した人たちで食事に行ったときに、三笠さんとようやくゆっくりと話をすることができた。

彼女は、一九九九年一二月に自衛官だったお兄さんを亡くした。徳島県警は「自殺」と断定し、捜査を終結させたが、納得できない三笠さんと家族は、なぜお兄さんが死んだのか、その真実が知りたくて自分たちで調べているという話だった。三笠さんのお兄さんのことは「徳島自衛官変死事件」としてテレビをはじめたくさんのマスメディアでも報じられた。その内容や、彼女の真剣な調査行動を聞いた時、「もし、自分が彼女と同じような状況に置かれたら、彼女のように行動を起こせるだろうか」と思った。そして、「きょうだいを亡くしたきょうだいの思い」を聞いたとき、きょうだいを亡くした状況、立場はそれぞれ違うけれど、彼女の話にすごく共感することができた。

彼女なら私の気持ちをわかってもらえるのではないかと思った。「事件」と自然災害の「震災」という違いはあるけれど、彼女の言った「阪神淡路大震災のきょうだいの会をつくったら」という一言は私にも周りの人たちにとっても目からうろこが落ちたような新鮮な驚きだった。子どもを亡くした親の立場ではなく、家族を亡くした家族の立場でもなく、「きょうだいを亡くしたきょうだいの立場」で話をする場をつくるということ。それは、私自身が「きょうだいを亡くしたきょうだい」という立場に初めて出合ったということだった。これまで、同じ境遇の人と話をすることがなかったので、彼女が初めて「きょうだいの立場をわかってくれる人」だと思った。彼女自身の体験した話をいろいろと聞いていると、今まで「きょうだい」という立場がどれだけ置いてきぼりにされていたのかということが、とても身近なこととして感じられた。

三笠さんが代表をしている「犯罪被害者きょうだいの会・B&S」は、犯罪・交通事故被害者の兄弟・姉妹の集まりで、それぞれが心に抱えている「きょうだいとしての思い」を話したりできる場所をつくって心のケアをしている。そして、国に犯罪被害者の救済処置を求めたりと広い範囲で活動をしている。一般的な遺族としての思いを話すことができる場所はあっても、きょうだいとしての思いを話す場所がなかったり、自分の内側に抱えている思いを両親や周囲の人に話をすることができなかったり、話をしても理解してもらえなかったりした私も、三笠さんとの出会いによって今まであまり言えなかった「きょうだいとしての思い」がすなおに言えるようになってきた。話をすることによって、生き残った子どもがきょうだいを亡くして「どんなふうに感じているか」親たちがそれまで気がつかなかったことを考えるきっかけにもなった。

三笠貴子さんは二〇〇二年一二月に『お兄ちゃんは自殺じゃない』（新潮社）と

いう本を出した。二〇〇三年の「黒田清・日本ジャーナリスト会議新人賞」も受賞している。

その本に出合わせてくれた先生

震災の　本を見るたび　母が泣く　妹の名がのる　死者の一覧

一九九六年一月、ある新聞に私のつくった短歌が載った。東洋大学主催の「第9回現代学生百人一首」に選ばれた作品だった。高校一年の国語の授業でつくった短歌を担当の沖野勝洋先生が応募したもの。その短歌はそのときの自分の気持ちをすなおに表現したものだった。

新聞に載った私の短歌を見て、山口県長門（ながと）市の高校で国語の教師をしている嶋田靖代先生から、私の通っていた高校に私宛の手紙と一冊の本が届いた。手紙には、嶋田先生が高校の授業で私の短歌を紹介し使っているということが記されていた。嶋田先生は長門市出身の童謡詩人・金子みすゞの記念館を手伝っているとのことだった。

送られてきた本は、金子みすゞの本だった。そのことがきっかけとなって、嶋田先生との手紙のやり取りが始まった。初めて金子みすゞの本を読んだときは、自分自身に余裕がなく、あまり深く考えられなくて特別何かを感じたわけではなかった。ただ「おもしろいというか変わった詩だな」くらいにしか思わなかったが、時間が経ち嶋田先生との手紙のやり取りをくりかえしていくうちに、徐々に金子みすゞの世界に引き込まれていった。そして、心の余裕ができてくると、よけいに金子みすゞの詩に込められている意味を理解したくなった。今でも、気持ちが落ち込んだりすると、その本を読んで気持ちが軽くなって「また、頑張ろう」と思えるようにもなるので、私にとってはとても大切な一冊の本となっている。その本に出合わせてくれた嶋田先生にはとても感謝している。

「生きろ!!」と書いてくれた

高校の国語の担当で三年のときに担任だった沖野先生。嶋田先生と出会うきっかけをつくってくれて、とても手のかかる生徒だった私に対して真剣に向き合ってくれたのも沖野先生だった。不登校で、引きこもりで、そのため留年するし、そのうえ「死にたい」だのと言っていた私に対して「今、自分がやるべきこと」などを紙に書いて渡してくれた。一番最後に「生きろ!!」と書いてあってほんとうにうれしかった。

不登校になって留年が決まり、何もしたくない状態になっていた私が「生きるということ」と今後の進路について考えるきっかけとなった先生だったけど、今から考えれば変な先生だったと思う。当時の私は沖野先生を「お兄さん」のように慕(した)っていたので話が比較的しやすかったのだと思う。その沖野先生が私に「生きろ!!」と書いてくれた紙は、ずっと大切に自分の部屋に貼っていた。二〇歳になって、「もう大丈夫。死にたいなんて思わない」と自分に誓って処分した。ほんとうのところはまだ持っていたかったのだけれど、いつまでもそのときの気持ちのままじゃいけないと思って、その紙をもらったころの弱かった自分と別れるためにも整理をつけたほうがいいと思い燃やしてしまった。今では「なつかしいなぁ」とは思うけれど、弱かったころの自分に戻ろうとはけっして思わない。最近はほとんど会うことはないけれど、沖野先生のことだからきっと生徒に慕われて元気にやっていると思う。

はるかの校長先生

妹が亡くなった当時、小学校の校長先生をしていた岩本しず子先生は、いつも私のことだけでなく、両親のことも気にかけてくれていた。ときどき、「元気にしている?」と電話をくれて、毎年のように一月一七日の前には妹に花を届けてくれる。二〇〇一年の冬に出版された本に「私のことを書きたいから」と言って連絡をくれたときはうれしかった。退職されたあとも、「子どもたちのために」といつも走り回っていて、すごくバイタリティーのある先生だ。

私が「青春メッセージ」に出たときやテレビに出ているのを見て、いつも「見たよ」と言っては連絡をくれる。私がＨＡＮＤＳの活動で「はるかのひまわり」の種まきやウォークをすると、忙しい中でも参加してくれる。ときには震災当時の話を聞かせてもらったりと、いつも私のほうからお願いばかりしている。ひまわりの活動に参加することについては「うれしい」と言われたりする。きっと「とてもいい校長先生だったんだろうな」と思うし、亡くなってからもなお妹のことを気遣(きづか)ってくれる先生がいる妹は「幸せ」なんだと思う。

神戸からニューヨークへ

「ガレキに花を咲かせましょう」という活動をしていた天川佳美（あまかわよしみ）さんと初めて出会ったのは二〇〇一年一月のニキータ来日の時。天川さんは「阪神大震災復興市民まちづくり支援ネットワーク」のメンバーで、震災で瓦礫（がれき）と化した場所に花の種をまく活動をしている。復興再生の計画・建設が始まるまでの間、被災者の鎮魂と心穏やかに暮らしていくために、被災したみんなでその土地に花の種をまき花畑にしようという運動。その取り組みの中で、亡くなった妹はるかのことを知り「はるかのひまわり」に巡り合ったという話だった。

その天川さんが二〇〇二年五月にネットワークのメンバー二〇人でアメリカのニューヨークに行ってきた。目的は、二〇〇一年九月一一日に同時多発テロが起きた世界貿易センタービルの崩壊現場である「グラウンド・ゼロ」近くの公園に種をまき、花を咲かせようというもの。「はるかのひまわり」の種も持って行き、コロンバスパークの一角に花の種をまいてきた。

天川さんたちは、「テロで被害を受けたニューヨークの人びとを励まそう」「みんなで瓦礫に花を咲かせて、その花々を眺(なが)めながらこれからのことを考えましょう」との思いから行動したとのこと。コロンバスパークには「はるかのひまわり」やコスモスの種を日本から持って行き、現地でマリーゴールド、ペチュニアの苗を調達して一日がかりで植える作業をしたらしい。

神戸からニューヨークへ「はるかのひまわり」が渡り、現地の人たちのお世話によって一年後の二〇〇三年にコロンバスパークに「はるかのひまわり」が咲いたと聞いたときには「はるかのひまわり」がひと回り大きくなったような気がしてうれしかった。

藤野さんたちが始め、天川さんたちが広げていなければ、今日まで「はるかのひまわり」は残らなかったと思う。

「あなたはあなたでいいの」

二〇〇三年九月に、童謡詩人である金子みすゞを世に広めた、児童文学作家の矢崎節夫（せつお）先生の講演が神戸市内であったので聴きに行った。ふだんまったくといっていいほど講演などを聴かない私が「行かなくては」と思ってしまうくらいに、矢崎先生のお話しするみすゞさんはとても魅力がある。

そして、なによりも山口の嶋田先生とのつながりが縁で金子みすゞの詩を知り、私自身何かにつけて助けられていた。

私（わたし）と小鳥と鈴（すず）と

私が両手をひろげても、
お空はちっとも飛べないが、
飛べる小鳥は私のように、
地面を速くは走れない。

私がからだをゆすっても、
きれいな音は出ないけど、
あの鳴る鈴は私のように、
たくさんな唄は知らないよ。

鈴と、小鳥と、それから私、
みんなちがって、みんないい。

出典『金子みすゞ童謡全集 第六巻「さみしい王女・下」』(JULA出版局／二〇〇四)

この詩と出合うまで、当時高校生だった私は、震災で妹を亡くして心が落ち込んでしまう自分に嫌気がさしていた。「どうして、自分だけが妹を亡くしたことでなにも手につかなくなって、こんなにも悩んだりしんどい思いをしなければいけないんだろう」と思っていた。でも、この詩との出合いで「そうか、みんなと一緒でないといけないことはないんだ」「違っていていいんだ」と思って、落ち込み気味の自分の心の持ちようが変わっていった。そんなすごい詩をつくっていた金子みすゞを世に広めた矢崎先生と、その金子みすゞの詩を私に教えてくれた嶋田先生には感謝の気持ちでいっぱいだ。

矢崎先生には金子みすゞ生誕一〇〇年祭で友人と山口を旅した際にお会いでき

て、そのときにサインもいただいた。そこには、「あなたはあなたでいいの　いてくれるだけで百点満点です」と一言書かれていた。その言葉は、震災で妹を亡くしたあと、両親、特に母に言ってもらいたかった一言だった。

　だからこそ、そんな一言を言ってくれる矢崎先生の講演を聞きたかったのかもしれない。初めて聴く矢崎先生の講演は、とても素敵で、途中で何度か涙が出てきそうになったほどだった。メモを取ることすら忘れて話に聞き入っていた。

　話の中で特に心に残ったのが、ふだん私たちは「しあわせ」と「つらいこと」を正反対と思っているけれど、ほんとうは「つらい」と「しあわせ」は同じだというお話。つらいという字は「辛い」と書く。字の上のタテ線をプラス＋にすると「幸せ」という字になる。辛いことがあって、初めて、幸せを感じられるようになる。金子みすゞの詩の中で出てくるしあわせは「倖せ」で、人の幸せのそばに、佇（たたず）むことができる「幸せ」。人が幸であることが、自分の倖せ。自分が幸せであることが人の倖せ。その話を聞いたとき、人の幸せに、幸せを感じて寄り添えることができたら、それは、とんなに「倖せ」なことなんだろうと思って、心に「倖せ」という言葉が沁み込んできた。

出会った人がいたからこそ

震災のときに避難所で出会った友だち、中学・高校の友だち。そして、避難所でボランティアとして活動していた人たちなど、ほんとうにたくさんの人たちに助けてもらった。

一時、自分の生きている意味がわからなくなって「生きていても仕方がない」「死にたい」と自傷行為をくりかえしていた私に対して、心配して本気で怒って向き合ってくれたYさんをはじめ、つらいときや不安なときに私にとってどれだけ友だちの存在が支えになってきたかわからない。Mさんは、深夜に電話して泣きながらわけのわからないことを言っても、親身になって話を聞いてくれた。

中学の同級生で、震災のときにお世話になったKさん。一時はそのKさんの家に泊めてもらったり、尼崎(あまがさき)の銭湯に連れて行ってもらったりした。妹が亡くなって火葬する前、化粧をしてあげようとしていた私に、そっと口紅を渡してくれた。

高校のときの友だちSさんは、私が震災で妹を亡くしたと知っても変わらずにふつうに接してくれた。きっと見えないところで気を遣(つか)ってくれていたとは思うけど、当時の私が「妹が亡くなったことへの同情」をいやがっていたからふつうに接してくれる友だちの存在はとてもうれしかった。

そして、避難所のボランティアとして活動していた大学生の人たち。震災当時、高校受験を目前に控えた私に勉強を教えてくれたり、受験当日にお弁当をつくってきてくれたり、合格発表のときには一緒についてきてくれたりとたくさん助けてもらった。ほかにも、取材のカメラから一時逃げまわっていた私をかくまってもらったりした。つらくてしんどいはずの避難所生活がなぜか楽しかった。今となっては、いい思い出となっている。

震災から今日まで、たくさんの人と出会ってきた。いっぱい迷惑をかけてきたけれど、出会った人がたくさんいたからこそ、今の自分があるのだと思う。一時、人と会うことがイヤでめんどくさくてしんどかったこともあった。それでも、そばにいて励まし支えてくれた人たち。そんな人たちに出会えたことが私にとって幸せだった。これから先の新しい出会いも大切にしていきたい。

V　新しい一歩

毎日ハンドボールに打ち込んでいた

震災前の中学の三年間は、ずっと部活でハンドボールをしていた。私はレギュラーでゴールキーパー。中学三年のときには全国大会に出場するほどの強いチームだった。勉強は苦手だったけれど体を動かすことが好きで、毎日ヘトヘトになるまでハンドボールに打ち込んでいた。

自宅での勉強は、テストの前日に一夜漬けでやるだけだったので、母から「勉強しなさい」とよく言われていた。妹といつも比べられ「お姉ちゃんなんだからしっかりしなさい」と怒られながらも、ハンドボールの試合のたびに応援に来てくれる母が好きだった。

友だちは部活の仲間がほとんどで、仲間の家に集まり自分たちの試合のビデオを観て反省会をしたり、研究したりとかなり健全な日々だった。頭の中がハンドボール一色に染まっていた中学時代だった。

引きずることは悪いことなのか

「幸せ」それは、妹が亡くなるまではごく身近にあるものと思っていた。なくなるなんて思いもしなかった。それが震災で自分の目の前から消え去ったことは、とてつもない衝撃で、こんなにも家族をバラバラにしてしまうものなんて当時一五歳の私には想像すらできなかった。母との確執、意志の疎通がなくなった状態は、とてもつらくて悲しいものだった。

両親に心配をさせてはいけない。だから、両親の前では「聞き分けのいい子」を演じる。ひとり部屋に戻ると、そんなにまでしている自分がとてもむなしかった。でも、そうしなければ自分自身を保つことができなかったし、感情を表に出しても、受け入れてくれるだけの余裕がそのときの両親にはなかったので「いい子」を演じることしかできなかった。

そんなときに、両親、特に母から「あなたはいてくれるだけでいいの」「生きているだけでいい」「つらい思いをさせたね」、そんな一言が聞けたらそれだけで私はどれくらい救われただろう。その一言をいつか言ってもらえる、そんな思いで「いい子」を演じ続けていたのかもしれない。

「もう、何年も経ってるのにまだそんなこと言ってるの」。そんな言葉を耳にしてしまうと、「自分はおかしいのだろうか」とか「引きずっていることは悪いことなのか」と考え悩む。そんな言葉を聞くたびに、「やっぱり震災のこと、妹のことは話さないほうがいいんじゃないか」と自問しながら、どんどん人間不信に陥ってきた。この人は自分のことを理解してくれる人なのか、たとえ理解をしてくれる人であっても疑いの目でもって相手を見てしまう。実際に理解してくれようとしている人に対して、なかなか受け入れてもらえなくてその苛立(いらだ)ちをぶつけたりもした。今から思えば、なんてバカな対応をしたんだろうと思うけれど、でもそのときには、理解してもらえないということがとても苦しくて、「甘えてる」なんて言葉を言われると「あんたに私のなにがわかるん」と腹の中で怒りの感情が溢(あふ)れかえっていた。実際に、その言葉を突きつけてしまったこともあった。

大切な人を亡くすというのは、たとえるならばそれまで順調に回転していた歯車が突然ひとつなくなってしまうということ。たったひとつの歯車だけど、それはふだんあたりまえに存在しているので何も思わないけれど、その歯車が突然なくなってしまったことで、それまで順調に回っていたものがその瞬間からどんなに頑張ってみても回らなくなる。一度狂って回らなくなった歯車は、残った歯車がなくなった歯車の代わりになろうとしても、けっして同じにはなれない。もし、回ったとしてもひとつの歯車がなくなったことで、ほかの歯車に無理がかかって負担となってくる。そして、最後には疲れてしまってどうすることもできなくなる。

結局は、失ってしまった歯車は二度と戻ってこなくて、また新しく、残った歯車だけで回っていくようにするしかない。だけど再び回るようになるには、とっても時間がかかって、それまでにいろいろな箇所を調整したりしなくちゃいけなくなる。そんなことがずっとあとになってわかった。

ずっと傍（そば）にいたのに

今までどんなに忘れようとしても忘れられなくて、今でも頭の中に焼きついている場面がある。それは、震災が起こった日の午後のこと。妹が全壊した家から運びだされて安置されていた近所の学校の体育館。そこで見たものは床の上に毛布で包まれて顔に白い布をかけられていた妹の姿。妹の顔を見ようと、顔にかけられていた白い布を取って覗（のぞ）き込んだ瞬間、そこにいたのは今まで見たこともない知らない人のような顔だった。顔の色は肌色ではなくて赤紫・青紫色で、それは青アザ、内出血の色だった。顔全体がパンパンに膨れあがっていて、生前の妹の面影は微塵（みじん）もなかった。変わり果ててしまった妹の姿を私はほとんど直視することができなくて、ほんの少しのあいだしか顔を見ることはできなかった。

震災から一週間ほどしてから、妹の遺体を火葬するために斎場に向かうその直前、ようやくまともに妹の顔を見た。一週間近くも妹の遺体の隣で寝ていてずっと傍（そば）にいたのに。私には初めに見た妹の顔の印象があまりにもショックだったので、そのあとずっと顔を見ることができなかったのだ。

できることならば、生前のきれいなままの顔が見たかった。それならば、最後の妹の姿は私の中で変わることもなかっただろうし、生前の妹の印象も私の中で変わることはなかったと思う。でも、亡くなった妹の顔を見たことで、それまでの妹の顔は私の中で変わってしまい、今でも亡くなったときの顔をときどき思い出してしまう。そのたびにつらく悲しい気持ちになり震災当時のことを思い出す。夢で見たときなどは、汗だくで涙を流しながら飛び起きることもある。そんなとき、今、自分がどこにいるのかが一瞬わからなくなって周りを何度も確認するぐらい混乱する。気持ちを落ちつかせようと深呼吸をしながら「もう、昔のことだから大丈夫」と自分自身に言い聞かせる。でも、目を閉じて再び眠りに入りかけると、また妹の顔がちらついてくる。

一度も泣くことができなかった

震災直後から「しんどい」と思っていたことがある。震災から九年以上も経って、いまだ妹のことなどを引きずっているのは確かに変なのかなと思うこともあるけれど、でもやっぱり震災のこと、妹を失ったことは忘れることはできない。

妹が亡くなってしばらくして生活が落ちついてきたころに、妹のお葬式を形だけ行なった。その式の最中、私は一度も泣くことができなかった。妹が亡くなったことは、私にとってすごく悲しいことなのだけれど「妹の死」が受け入れられず、実感が湧かず「誰の葬式なんやろう？」とも思っていた。それに、両親が式の初めのうちから泣いているのを見ていて、自分だけは泣いてはいけないような気がしてしまった。震災以降「泣く」という感情がどこかにいってしまったような状態だったので、当時は「泣かないこと」を不思議にも思わなかった。「泣かない」っていうことは、自分のほんとうの感情を押し殺してしまって、私とは別の「私」を演じているようで、今から思えばすごく不自然だったと思う。でも、人前で泣くことができなくなったのは自分で自分を守るためだったのかもしれない。

震災で妹が亡くなり、両親は怪我をしていたのに自分ひとりだけが無傷で、自分しか動くことができない状況だったので、自分が動かないといけないと思っていた。はるかを突然亡くした母が落ち込んでいるのを見て「自分が母を守らなければ」と思って無理をしていたことが、私の中でストレスとして少しずつ積み重なっていった。自分でも意識していないところで「泣く」という感情がどこかにいってしまったのだと思う。

「頑張れ」は今も嫌いな言葉

当時一五歳だった私に対して、周囲の人が「妹のぶんもお姉ちゃんが頑張って」「大変だけど両親を支えてあげて」など、「頑張れ」という言葉で励ましてくれていたんだとは思うけれど、実際はその「頑張れ」という言葉は「泣けない私」にとってはかなりプレッシャーを感じる言葉だった。自分が泣いてしまうと余計に悲しませると思って、自分だけは泣かないで明るくふるまって、両親を助けないと、と思っていた私にとっては、「頑張れ」という言葉はすごく重たくて嫌いな言葉だった。「どこまで頑張ればいいん?・」とうんざりすることもあった。だから、気軽に「頑張れ」という言葉を発する人に対して内心では「腹立たしさ」のようなものを感じたりもした。言っている人も悪気があって言っているわけではなく、ただすなおな気持ちで言っているんだとわかっていても、「頑張れ」という言葉を聞くと「じゃあどうすればいいねん」と逆に聞いてみたくもなった。この「頑張れ」という言葉は今も嫌いな言葉で、私自身あまり簡単に「頑張れ」という言葉を使いたくないと思っている。

不思議に思っていたのが、妹が亡くなってからはじめのうちは、周囲の人たちは母に対して「大丈夫?」などと心配して声をかけてくれたりしていたけれど、父や私に対しては「大丈夫?」と声をかけてくれる人はほとんどいなかったということだ。ときには母に「まだお姉ちゃんが生きているんだから」などと妹の「おまけ」や代わりのように言われることもあった。相手は、母を励ますために言っているのかもしれないけれど、聞いている私にとってはとてもいやでつらいことだった。

そのあたりまえが大切

新聞などのマスメディアからの取材で、よく「いつかさんにとって妹さんはどんな存在でしたか?」と質問される。実は、その質問をされると私としては結構悩んでしまう。「大切なきょうだい」とはすぐに答えられてもそこから先はなんともあやふやになってしまう。妹が亡くなったときは、私が一五歳で妹が一一歳。あまり一緒に遊ぶ年頃ではなかったし、どちらかというとよくきょうだい喧嘩をしていた。震災の前年の夏休み、妹は股関節の手術のために入院していたし、私は中学の部活(ハンドボール部)が忙しくて家にいる時間がとても短かった。「妹と一緒に何かをした」という記憶は私が中学に入学する以前の記憶しか残っていない。

中学に入学する前は、毎年のように夏休みに母や妹と旅行に行ったりはしていたけれど、それも私が中学に入って部活を始めるとなくなってしまった。震災の前日だって、私は高校受験を控えていたから家で勉強していたし、妹は母と一緒に京都に遊びに行って、帰ってきたのは晩になってからだった。だから、震災で妹が亡くなる前に最後に交わした言葉はたぶん「おやすみ」ぐらいだったと思う。そのときは、その言葉が最後になるなんて思っていなかった。「きょうだいなんていつでも一緒にいるから」と思っていて、いることがふつうであたりまえのことだったから。でも、そのあたりまえにいることがほんとうはとても大切なことで、そのあたりまえの存在がいなくなるなんて考えたこともなかったから、突然に失ったショックはとても大きかった。

私自身、震災前後の記憶があやふやな部分が多くて細かいところまで正確に思い出せないことがたくさんある。きっと、今の私にはまだ整理のつかない部分なので、心の中で封印してしまっているのかもしれないし、頭がパニック状態だったから状況を正確に受け止められなかったのかもしれない。

わかっているけれど、それでも

妹が亡くなってから「もっとお姉ちゃんらしくしてあげればよかった」「もっと一緒に遊んであげればよかった」「もっと、もっと……あれもこれもしてあげればよかった」と思うことが数え切れないくらいにたくさん出てきた。「してあげたかったこと」は私の中でずっと後悔として残っていて、そのうちに「どうして自分が妹の代わりになれなかったんだろう」とさえ思った。自分を責めたからといって、妹が生き返ってくるわけではないのに、妹が亡くなる瞬間に傍(そば)にいることができなかった自分が、とても情けなくて、なんにも力にもなることができなかった自分がとても不甲斐なく思えた。私ひとりの力でどうにかなったことでもないし、どうすることもできなかったことだとはわかっているけれど、それでも、妹が亡くなって悲しんでいる両親を見ているのはとてもつらくて、生き残ったことでかえって「生き残ったことの負い目」のようなものがあって「妹じゃなくて私が死ねばよかった」と思ったりもした。そうすれば、「両親は悲しくなくなるんじゃないか」と思った。今から思えばなんて無茶苦茶な考えだったんだと笑ってしまうけれど、そのときの私は本気でそのように思っていた。

安心して泣ける場所だったけれど

妹が「生きていた」という証のような場所がある。それは、妹が通っていた神戸市立本山第二小学校の校庭の一角にあるログハウス。そのログハウスは震災の年に小学六年生の児童たちが卒業記念のためにつくったもので、材料は木材屋さんから寄贈されたもの。だからそこには六年生の思いが詰まっている。自分たちが震災を経験してつらい思いをして、そのような中でみんなでつくりあげたものだから。

そこには、震災の記録が保存されていて、妹や震災で亡くなった四人の児童の遺影が飾られている。また当時の小学校の児童たちが書いた震災の作文や絵が残っていて、震災を経験したすなおな気持ち、友だちを失った悲しみなどが綴（つづ）られている。

そのログハウスは、私にとってなぜか心が落ちついて安心でき泣ける場所でもあった。震災から二、三年くらいは毎年一月一七日をログハウスで過ごすことにしていた。とくに理由があったわけではないけれど、ただその日はテレビを観ても震災のことばかりで、家にいることもつらく、学校に行っても情緒不安定で落ちつかなくて自分の居場所がなかったから、ログハウスという世間からは離れた密室がよかったのかもしれない。

初めてログハウスに入ったとき、外とは違う時間の流れかたをするような不思議な気がして、人前で泣けなくなっていた私がここだけは安心して泣ける場所だと思った。だから、周囲のことも気にせずに、ただ妹を亡くした悲しみと思い出に没頭してすなおに泣けた。そのログハウスには妹が「生きている証」ではなく「生きていた証」という過去のものしか残っていない。「どうしてこんなものがあるんだろう」「だれも亡くなることがなければ必要ないのに」と思った。表情も変わらずどんなに月日が経っても成長することのない妹の写真を見ていると、なんだかとても「むなしくて」「悲しく」すら思う。「どうしてこんなかたちでしか会うことができないんだろう」と思い、妹の遺影に向かって「なんで先に死んだんよ」「なんでなん?」と泣きながらつぶやいたりしたこともあった。何を言ってもけっして返事をしてくれるわけではないのに、なぜかそのときは言わずにいられなかった。きっと、「妹の死」をまだ自分の中で認めることができなかったからだと思う。

以前は安心できる場所だったログハウスだけれど、近ごろはそうじゃなくなってきている。最近ではログハウスに入る瞬間「緊張」してしまう。気合いを入れてないと、思わず気持ちが緩(ゆる)んで泣いてしまいそうになる。

仙台の「はるか」ちゃん

このログハウスには初めのうちひとりで入ることができなかった。そんなときに付き添ってくれたのは小学校のときの担任のI先生だった。妹が亡くなった震災当時もその小学校に勤務していた。ログハウスで過ごしているときに私の話を聞いてくれたり、ひとりになりたい時にはひとりにさせてくれる。

震災以降、初めて修学旅行生に「語り部」として話をするきっかけをつくってくれたのもI先生。二〇歳の時にはじめて「語り部」として話をして「外に向かって話をすることの大切さ」を教えてくれた。今でもずっと見守ってくれてとても感謝している。

そのログハウスには、我が家に贈られてきた千羽鶴がある。妹と同姓同名で妹よりひとつ年上の仙台に住んでいる「加藤はるか」ちゃんが、震災で自分と同じ名前の子が死んだということを新聞を通して偶然知って、彼女の妹と一緒に慰霊の思いを込めて折ってくれたもの。はじめは、自宅で妹の仏壇の横に飾っていたが、大勢の人にも見てもらいたいと思い、小学校に寄贈させてもらった。「はるか」ちゃんに会ったのは、彼女のお母さんと妹と彼女の三人で神戸に来てくれたときだった。初めて会ったとき、私は恥ずかしかったのか、照れくさかったのか、どんな話をしたかはちゃんと覚えていない。彼女の第一印象は「やさしそうな子」で、そのとおりだった。彼女のお母さんはいつも応援してくれて感謝している。

たくさんの出会いと「思い出」が詰まったログハウスをつくってくれた当時の

小学校の児童たちみんなにとても感謝している。

大きくなったり小さくなったり

我が家にはほとんどといっていいくらいに、妹の思い出の品、遺品は残ってはいない。手元に残っている数少ないものといえば妹の遺骨と幼いころの写真、それと学校などで描いた絵ぐらいしかない。ほんとうはもう少しだけ残してあったが、残しておいてもつらいだけなので、引っ越しするときに思い切って処分してしまった。

震災から一〇年、そろそろ「震災のことはもう終わったこと」として区切りをつけるという考えもわからないことではないけれど、まだ私にはできない。一〇年という時間が経過しただけのことであって、「妹を亡くした悲しみ」自体は私の中でなくなることはない。ただ、形を変えてつらかった思い出としてずっと残っていく。妹が亡くなった当初は心の大半を占めていた「悲しみ」が、私が少しずつ前を向いていこうとすることで徐々に減っていった。そのぶんだけ周りを見られるようになって、ずっと見守ってくれている人の存在があるということに気がついた。それがどんどん新しい気づきとなって、「悲しみ」が占めていた心から「悲しみ」が小さくなってきても「悲しみ」は心から消えることはなく、私の中でずっと残っている。ときどき、「悲しみ」が大きくなったり小さくなったりしながら。

それに、妹は体こそ存在しないけれど、私の中で存在しているし、これから歳を重ねても妹がいないということの寂しさはなくならないと思う。もちろん、今も妹がいないということは寂しいのだけれど、歳をとったときに感じる寂しさは今感じる寂しさとは違うような気がする。妹はずっと、一一歳の小学六年生のままで、これからも歳をとることもなく、私がどれだけおばあちゃんになろうとも私の心の中で生き続けていく。

ＮＨＫ「青春メッセージ」に入れたかった言葉

「撮影と作文の修正をしたいので都合のいい日を教えてください」とＮＨＫのＹディレクターから電話があった。

二〇〇二年一一月末、作文の修正や撮影をしながら「なんか大きい番組なんだな」というぐらいにはわかってきた。神戸の街を一望できるビーナスブリッジに立ちながら、冷たい北風が吹きすさぶ中、自分の書いた作文を読んだり、たくさんの人が行き交う街なかで、「自然に歩いてください」と言われながら、一日ほどかけて撮影した。

撮影が終わった数日後、「青春メッセージ」の近畿ブロック予選のために東京に向かった。新幹線の中で初めて自分以外の出場者五人と会った。専門学校に通っている人、寺で修行している人、オーストラリアから留学で来ている人、写真家をめざしている人、音楽療法士として働いている人、みんな今の自分を伝えたいという人ばかり。

私はＮＰＯの中では最年少で、周りの人たちは自分の親世代と同じかそれ以上という環境の中にいるので、同年代の人と一緒に何かできるのがうれしかった。みんなと打ち解けて新幹線の中はまるで旅行に行く気分だった。

東京に着いたその晩、作文の最後に入れたい言葉があるのでディレクターのＹさんに相談に行った。

「来年、生きていれば成人式を迎えるはずだった妹にたくさんの出会いをありがとうと言いたいです」という言葉をぜひ入れたかった。

今まですなおに妹への感謝の気持ちが言えなくて、妹が亡くなって八年経って、ようやく妹の存在の大きさとその大切さがわかった、その私のすなおな気持ちを表現したかった。ほかの人から見れば、なんてこともない言葉かもしれないけれど、私には妹が亡くなってから今までずっと妹の死に後ろ向きで、自分自身の気持ちに余裕がなくて言えなかった言葉だった。妹が残してくれた形のない「贈りもの」として感謝して、今の自分から新しい一歩を踏み出すために必要な言葉なのだ。だからこそ、どうしても言いたい言葉だった。

私ひとりで東京に行けるんだろうか

翌日の本番は、今までにないくらい緊張していた。自分の出番がくる。スポットライトに照らされながら舞台の中央にひとりで立った。目の前には大きな二台のモニターが設置され、自分が大きく映っている。過去にも何回か取材を受けて少しはテレビカメラにも慣れていると思っていた私だけれど、自分で自分の映像を見てよけいに緊張してしまった。おかげで、作文を読んでいても、どこを読んでいるか途中でわからなくなるし、変な汗は出てくるし、体が揺れて自分がまっすぐ立っていないような感覚もしてくるしで、内心は大パニックだった。でも、なんとか作文を発表し終わると、やるだけのことはやったという充実感で、別に結果はどうでもいいやと思っていた。

結果発表で自分の名前が呼ばれたとき、一瞬「えっ、私」と思ったと同時にうれしさが込み上げてきた。審査員の人から「瓦礫（がれき）の中に咲くひまわりの花、それはもう奇跡に近いですよね」と言われたとき、なぜかふいに涙が出てきそうになった。「泣いちゃいけない」と自分に言い聞かせながら、でもたぶん、涙目だったと思う。ほかの出場者にはもうしわけないような気持ちだったけれど、本選の全国大会に出場できることはうれしかった。

翌年の一月に開かれる全国大会への出場が決まって身も心も明るい気分で神戸に帰った。帰ってきてからしばらくして、あることに思い悩みはじめた。それは、震災以来ずっと一月に神戸を離れたことがなくて、一月一七日直前にはいつも気持ちが落ち込んで、引きこもって昼夜逆転の乱れた生活をしていたので、果たして私ひとりで東京に行けるんだろうか？　ということだった。

でも、「東京に行きたい」という気持ちが強くあったので、とりあえず本番に向けての作文の修正をしながら考えていくことにした。実際、全国大会の出場が決まったあとに、通っている精神科に診察で行ったとき、「先生、一緒に東京に来てほしいな」「なんかあったときに、駆け込める病院紹介しとって」なんて言っていたくらいで、東京に行きたいという気持ちと、神戸を離れたくないという気持ちが私の中で入り乱れていた。年末には東京から担当のディレクターが神戸に来て、作文の最終チェックや打ち合わせをした。そのときに、「東京に行くのが怖い」「今まで一月に神戸を離れたことがない」と自分が不安に思っている気持ちを伝えた。「できることはします」と言ってくれたのでほんの少しだけ安心することができたのと、予選のときの担当だったYディレクターが東京に行くと聞いたのでさらに安心することができた。

二三歳にもなってホームシックに

年が明けてからは大忙しの毎日だった。一七日を前に東京に行くので、正月明けの数日間、新聞やテレビの取材が集中していた。ふだんは介護や家事で昼からしか動けない私が午前中から取材を受けて、夜、家に帰ると今度は全国大会で読む作文を覚える練習をしていた。

東京に着いた初日は、ほかの出場者たちとの顔合わせ。順番に自分の書いた作文を読んで時間を測っていく。私の順番になって自分の作文を読み出した途端、突然に涙がボロボロと溢れ出して止まらなくなってしまった。ほとんどまともに作文を読むことができない状態になり、詰まったり、止まったり、何を言っているのかもよくわからないまま読み終わった。一刻も早くこの場から解放されたいと思っていた。

ようやく、夕方に解放されたときには、もう疲労困憊状態だった。一緒に東京に来る予定だったYディレクターに電話して「もう、限界だからとにかく神戸に帰りたい」と泣きながら訴え、Yディレクターも「なんとかして仕事が終わり次第、東京に行くようにするから」と言って慰めてくれ、ほんとうにその日の夜に東京に来てくれた。さらにもうひとり、NPOからもOさんが心配してくれ来てくれた。心強い味方が二人もいてくれ「二三歳にもなってホームシックになって恥ずかしい」と思いもしたが、その夜は安心して休むことができた。翌日は朝から当日の会場であるNHKホールで一日中リハーサルがあり、不安はあったが何とか終えることができた。

やることはやったぞ

一月一三日「青春メッセージ'03」の本番。いよいよ時間が迫ってきた。全国二一三五人の中から選ばれた一〇人の発表者。スタッフの人が呼びに来て会場に向かうと、すでに観客席からはざわざわとたくさんの人がいるという気配が伝わってきた。舞台の袖（そで）にスタンバイして、モニターで会場の様子を見ると、ほんとうにたくさんの人がいた。そのうち本番へのカウントダウンが始まった。「……3、2、1」、本番開始と同時に司会者のタッキー&翼の二人が舞台の上に登場すると、客席から割れんばかりの「キャー、キャー」という大歓声が響いてきた。発表者が順番に舞台に登場する。リハーサルではガラーンとしていた客席がたくさんの人で埋め尽くされ、「えらいところに来てしまった」と緊張する。

オープニングが終了して、自分の発表の順番が来るまで舞台袖の椅子に座っていた。いざ自分の順番が近づいてくると緊張もピークに達し、気持ちを落ちつかせようと、作文の変更したところを読み直したり、モニターを見たりして気を紛らわせようとしていた。いよいよ自分の発表の番が来て、舞台の真ん中の発表台に向かうとき、足が震えてしまい自分がまっすぐ歩けているかどうかもわからないくらいで、発表台までの距離がとても遠くに感じた。気合いを入れて「さあ、作文を読むぞ」と思って正面を向いて顔を上げると、目の前にはたくさんの人、人、人。観客席の人の顔を見ると緊張して読めなくなると思い、二階席の壁を見て大きく息を吸って読み出した。

途中までは頭の中に作文が記憶されていたから順調に読めたけれど、最後のほうでは涙が出てきそうになった。ライトが眩しくて目が乾いてつらかったがなんとか無事に読むことができた。緊張しながらも「やることはやったぞ」という充実感でいっぱいだった。

出場者の作文発表がすべて終わり、審査の結果が出るまでの間は、観客席の中にある出場者席に座ってゲストの吉田兄弟やタッキー&翼のライブを観たりしながら結果を待った。そのときにやっと、母たちの座っている座席の位置を教えてもらった。振り返ってその座席のあたりを見ると友だちのM子さんが私のほうを見て手を振ってくれていた。その隣にいる母の姿を見てホッとして、張り詰めていた緊張感がスーッと消えていくようだった。

ライブが終わり再び舞台に登場して、いよいよ審査発表が始まると、また、緊張しだした。「審査員特別賞」が発表され自分の名前が呼ばれた瞬間、すごくうれしくて喜びでいっぱいになった。トロフィーを受け取って、受賞のコメントを言うことになったが、なにも考えていなかったのでなんて言ったのかほとんど覚えていない。

無事に生放送本番が終わると、知人たちから携帯に留守番電話やメールがたくさん来ていた。「頑張った」「よかったよ」「おめでとう」という言葉を聞いたり見るたびに「いろいろ迷惑かけたけど、やってみてよかった」と心から思った。

その日のすべての予定が終わり解散し、神戸から来てくれたOさんとも別れ、会場に来てくれた母は透析の都合もあり、叔母と帰っていき、私はひとりで泊まりに行く知り合いの家に向かった。家に着くと、「やっと解放された」という安心感、東京に来てからの緊張の連続と、ここ数日の寝不足もあって朝までぐっすりと熟睡してしまった。

翌日、神戸に帰る日。宅配便で荷物を送るために、近くのコンビニに行って伝票を書いていると、店のアルバイトの若い男の人から「昨日、青春メッセージに出てましたよね。これからも頑張ってください」と言われた。少し恥ずかしかった。「若い人でも見てるんだ」と思った。

今の私には場所がある

「青春メッセージ」を終えホッとしている間もなく、「1・17の集い」がやってきた。初めての参加、そして遺族代表としてメッセージを述べる。この年は、震災以来ずっと体験してきた「自分にとっての奇妙な行動」はあまりなくて、「なんか変だなぁ」と思いながら一月一七日が過ぎていった。

震災から数年経って、働いていた職場で一月一七日が近づいてきたころ、笑顔で人と接することができなくなったことがある。自分の気持ちがコントロールできない状態になり、そのことがつらくて上司に事情を話してどうしたらいいか相談をしたことがあった。そのときに「なにを甘えているの。そんなのはあなただけがツライわけじゃないのよ」と言われた。その言葉を聞いたとき、「妹を亡くして、そのことを何年経っても引きずっているのは甘えてる」と思われてるんだと思った。そして、自分が「震災のこと」「妹のこと」を引きずっていることは悪いことで、「自分は弱い人間でだめなんだ」とずっと思っていた。

その経験から、ときどき周りの人が自分のことを「どう思っているか」ということが気になったり、自分のことを話して相手が「いやな気持ち」にならないかとか、「理解してもらえず傷つけられる言葉」を言われないかと気になったりした。「傷つけられる言葉」を言われるくらいなら、いっさい話をしないで私のことを表面だけで理解した気になってくれていい、内面にある「弱い部分」を知られないままでいいと思うようになった。でも、心のどこかで「少しでいいから理解してもらいたい」という気持ちもあった。

「心のケア」ということが言われ、どう対応したらいいのか問題となっているけれど、私は「心のケア」とは、それがほんとうに必要な人について、その周囲の人たちが、その人を「どれだけ理解しようとしたか、その人を実際に受け入れているか」ということだと思う。そこには、「この子はかわいそうな子、かわいそうな人」だからという気持ちではなく、どれだけふつうに接することができるかが大事で、守らなければならないときに守ってあげられるかだと思う。

誰からも受け入れられず、守ってももらえなかったときはとてもつらくてしんどかった。私の気持ちを周りにいるすべての人に理解してもらおうとは思わないけれど、今の私には私を受け入れてくれる人がいるし、そういう場所がある。それは私にとって大きな安心感となっている。そこでは「素」のままの自分でいられるから居心地がいい。

はるかが新しい出会いをまたつくってくれた

東京から戻るとたくさんの人からＦＡＸが入っていた。その中に、「青春メッセージを見ました」と最初に書かれていたものがあった。送信者は東京でシャンソン歌手をされている谷原葉子さんという方だった。谷原さんは、震災のときに神戸市の隣の芦屋市で被災して家族とともに東京に移り、その後、神戸を想って偶然に知った「はるか」のことを歌にしCDとして発表している、とFAXに書かれていた。すぐに谷原さんと連絡をとった。一月一五日に谷原さんはわざわざ神戸まで来てくださり、直接、私に「はるか」を題材にしたCDを手渡してくれた。夕方、谷原さんは「今晩ライブがあるので」といって慌ただしく東京に戻っていった。

自分の知らないところで私たち家族のはるかのことを歌にしてCDまでつくって、わざわざ東京から訪ねて手元に届けてくれる人がいる。そのきっかけとなった「青春メッセージに出てよかった」と思った。

それから数日後、Yディレクターから電話があり、「青春メッセージを車のラジオで聴いて連絡を取りたいという人から電話があったんだけど」と言われ、連絡先を訊いて電話をかけた。その方は福岡県久留米市の歯医者さんだった。とても、やさしそうな感じの声で、お話は、「自分の患者さんで、震災でお孫さんを亡くした方がいて、そのお孫さんが亡くなったことがきっかけで原因不明の歯の痛みで通院している人がいる。その方を元気づけてあげたいので、ひまわりの種を送ってほしい」という内容だった。患者さんに対してとてもやさしい歯医者さんだなと思うと同時に、お孫さんを亡くした人に少しでも明るい気持ちと元気になってもらいたいなと思って「はるかのひまわり」の種をお送りした。

久留米の歯医者さんの言葉で今まで考えつかなかったことを知ることができた。「うちのおばあちゃん、おじいちゃんはどうなんだろう?」と。今まで考えたことがなかった。

青春メッセージに出場したことがきっかけとなって、出会うことになった久留米の歯医者さんや、神戸にいらしたときにあまり話ができなかった谷原さんとまたいつか会いたいと思う。
はるかが新しい出会いをまたつくってくれた。

エピローグ——天国のはるかへ

気がつくと、あなたと会えなくなってもうすぐ一〇年になります。この前、あなたが「死んで」から初めてあなたの夢を見ました。今まで、どんなにあなたの夢を見ても、それは震災当日に見たあなたの「亡き顔」や、つらくて悲しいことばかりだったのに、初めて生きているときの元気なあなたの「笑顔」の夢を見ました。ふだんは、夢を見ても覚えていないことがほとんどなのに、そのあなたの「笑顔」の夢を見た瞬間だけは、「はっきりと覚えて」いました。

夢に見たあなたは、なぜか私の膝（ひざ）の上に座っていて、私が抱きかかえていました。亡くなったときは小学六年生だったから、どう考えても膝に抱けるはずはないのに不思議でした。そして、最後に「お姉ちゃんありがとう」と言って満面の笑みで微笑んでくれていたのに、そこで目が覚めてしまいました。目が覚めると、なぜか私は涙がたくさん流れていてびっくりしました。あなたが言った「お姉ちゃんありがとう」という言葉は、どんなに考えてもどういう意味なのかが私にはわかりません。もしかしたら、心の底で私があなたに「言ってもらいたかった言葉」なのかもしれない、だからあなたのその言葉を聞いて涙が出てきたのかもしれません。でも、よく考えてみたら、あなたの「声」はもう一〇年近く耳にしていないので、もうあなたが「どんな声だった」のかも思い出せないのに、そのときのあなたの声は「とても温かくやさしく」感じました。

今のお姉ちゃんには「はるかがいない」ということがとても悲しくて、たまに「なんでおらへんの？」と思います。傍（そば）にいるはずの人がいない寂しさでとてもつらくなります。そして気がつくと「あなたが生きていた時間より」「あなたが生きていない時間のほうが長くなるんだ」と、もうすぐ一〇年を迎える今日このごろになってしみじみと実感しています。

お父さん、お母さんも、あなたがいなくなってから少し性格が変わったように思います。「どんなふうに変わったか」と訊かれると困りますが「なんとなく」変わってしまったみたいです。

今でもはっきり言って、「どうしてあなたが死んでしまったのかがわからない」のです。一九九五年一月一七日午前五時四六分に起きた阪神淡路大震災。六〇〇〇人以上の人が亡くなり、その中の「ひとり」があなたなんだという現実はとても重たくて、私の中で「あなたが死んだ」ということを受け入れるようになるまでにとても時間がかかりました。それは、私の中であなたが「死んだ」ということを「信じたくない気持ち」があったからかもしれません。もし、事前にあなたか「死ぬ」ということかわかっていれば、もっと「何かをしてやれたのに……」と思い、とても「くやしい」です。たった一一年とちょっとの人生の中で、あなたに私がしてあげられたことは、いったいどれだけあったのでしょうか？　あなたから見て私は「やさしいお姉ちゃんだったのでしょうか？」。今、思い出せばけっして「いいお姉ちゃん」ではなかったように思いますが、あなたから見てどうだったのでしょうか？

そして、あなたが亡くなる最後の瞬間に目にした光景はどんな光景だったのでしょうか？　苦しみながら亡くなったのでしょうか？　もしも、あなたの答えを聞くことができるならば、聞いてみたいと思います。もし、あなたが「今」生きているならば、私とあなたのきょうだいの関係はどんな感じになっていたのかな？　と考えても、やはりわかりません。ただ、あなたの同級生の友だちもみんな成人して社会に出ている子もいるんだとはわかっていますが、そこにあなたがいないから「生きていれば」二〇歳のあなたは想像できても、それは「なんとなく」でしかなくて、「どんな顔立ちになっているか」「身長はどれくらいか」など、はっきりしたものは想像できません。ただなんとなく「二〇代のあなたの同級生にあなたを重ねてみることくらい」しかできません。

私との関係だって、あなたの「生きていたころ」は「お姉ちゃん」と呼んでくれたけれど、もし今、生きていたら「お姉ちゃん」ではなく「いつか」になっていたかもしれないし、私もあなたをどんなふうに呼んでいたのでしょうか。いくら考えてみてもわかりません。

あなたがいなくなってからは「きょうだいがうらやましい」という気持ちがありました。突然、あなたを「震災」で失ってしまい、ほんとうに「ひとりっこ」になってしまうと、「すごく寂しくて」「きょうだいっていいいな」と思うようになりました。ときどき、街なかで「仲のいいきょうだいを見かけるとうらやましく」も思います。あなたが、私の前から消えてしまったのは「ひとりっこがうらやましい」と思っていた私への「罰」なのかもしれないと、今となっては思ったりします。

最近では、神戸で震災が起きて六〇〇〇人を超える尊い命が奪われてしまったことがどんどん忘れ去られています。そんな中で「はるかのひまわり」の輪が広がっていることや、あなたの友だち、小学校の先生たちが一〇年という歳月が経とうとしているのにまだあなたのことを忘れず覚えていてくれているということが「お姉ちゃん」としては、とてもうれしく思っています。たった一一年ちょっとの人生――その短い人生を一気に駆け抜けていったあなた。きっと、将来への夢や希望をたくさん持っていたのではないかと思いますが、今となってはそれも聞くことができません。ただ思うのは、「できることならば代わってあげたかった」ということです。その気持ちは、震災当時から今までほとんど変わることはありませんでした。今でも、「代われるなら代わりたい」という気持ちを持っています。

きっと、「あなたが生きていたら、残された私たち家族も変わっていたかもしれないし」と思っているからです。

でも、今のお姉ちゃんはまだ「死ぬ」わけにはいきません。

あなたを奪った「震災」を忘れないよう、知らない人に知ってもらうために「話」をしていきたいと思っているからです。過去の戦争で原爆を落とされた「広島・長崎」でのことを私たちが知ることができるのは、戦争を経験した人たちが一生懸命に次の世代に語り継いでいったからです。震災のことも同じように語り継いでいかないと忘れられてしまい、歴史の教科書の一行にしかならないと思うからです。

六四三三人という亡くなった人たちを、たった一行にしてしまいたくない、そして、残された人たちがどれだけ苦しんでこれまでを生きてきたか、あなたを失った家族として「生の声」を伝えていきたいと、私は思います。

増補新版のためのあとがき

阪神淡路大震災から二四年の月日が過ぎました。当時一五歳だった私も三九歳と歳を重ね、昨年九月に第一子となる長女が生まれて小さな命の成長に一喜一憂しながら毎日を過ごしています。娘が生まれてあらためて、亡くなった母に会いたい、娘を見てほしかったと思うことが増えてきました。母が亡くなったのは二〇一一年一月一八日。偶然なのかもしれないけれど妹はるかの命日の翌日でした。母との最期の会話は「おやすみなさい」。妹と母の二人とも夜に眠りについたあとに再び目を開けることもなく「おはよう」と言うこともありませんでした。

今から思うと母には反発ばかりで、すなおになれない気持ちのままだったと思います。二〇歳で実家を出て以降は母と一緒の家で生活することがないままでした。せっかく母が私のためにも少しでも長生きしなきゃと前向きになってくれ、お互いにほどほどの距離感で親子としてつきあえるようになったのに、一緒に暮らすことはできないままでした。それでも今、娘が生まれ、これから先に母の気持ちを理解はできないかもしれないけど、なんとなくでも少し感じていけたらと思っています。

母には親孝行らしいことをほとんどしてこなかったと反省してしまいます。母が亡くなる前年の私の誕生日に携帯電話に吹き込まれていたメッセージ。「誕生日おめでとう」と短いお祝いのメッセージだったけど、今も消すことができずにいます。ときどき、母の声が聴きたくて実家に置いている携帯電話の電源を入れて聴いています。妹に続き母も前触れもないまま突然失うとは思いもしませんでした。私が母にしてあげられる最期の親孝行は、妹と一緒にお墓に入りたいという生前に母が望んでいた願いをかなえてあげることだけでした。その願いをかなえるために、母が亡くなった翌年の一月一七日に妹と一緒に納骨を須磨寺で行いました。今も母に対しては親孝行ができなかったという思いを消えることはないまま持ち続けています。

今回天皇陛下が「はるかのひまわり」の歌を詠まれたことをきっと一番喜んでくれたと思うのが藤野芳雄さんだと思います。震災から毎年、真夏の暑い日も頭にタオルを巻いて、出前の合間、お店の休憩時間にひまわりの様子を見に行って、日焼けした顔でとてもうれしそうに笑顔を見せながらひまわりの話をしてくれました。その藤野さんも母が亡くなった翌年に亡くなってしまいました。「はるかのひまわり」を最初から地道にコツコツと途絶えることなく続けてくれて、神戸からいろいろな地域に広がっていく様子を、いつもうれしそうに照れたような笑顔を見せながらよろこんでくれていた藤野さんには感謝してもしきれません。私が「はるかのひまわり」を拒否していたときにも温かく見守ってくれていました。夏の空の下、「ひまわりが咲いた」とうれしそうに教えてくれていた藤野さんの笑顔が懐かしいです。

最初に「はるかのひまわり」の本を出版してくれたふきのとう書房の目黒彰社長。とても物腰のやわらかいお酒好きなおじさんでした。私が東京に用事で行くときには、一緒にお酒を呑みながら楽しい時間を過ごしました。最初から最後までほぼお酒を呑みながら、旅に行ってそこで感じたことや今つくっている本の話を聞きました。たまに出版社の社長というのを忘れてしまうぐらいでした。原稿がすすまないときには激励でお酒が自宅に届くという感じでした。本にとても愛情を持ってつくっている人でした。新刊を出版されると送ってくれて、同封されてる手紙に読んでほしいところへの思いがよく書かれていました。しばらくは連絡を取ったりしていたのですが突然連絡が取れなくなり、後日長期入院をしていると聞かされました。今回の本を出版するにあたって連絡を取ってもらったところ、目黒さんは三年ほど前に亡くなっていたと教えられました。お酒が大好きで旅が好きな目黒さん。きっと今も天国でおいしいお酒を好きなだけ飲んでるんだろうなと思うと目黒さんらしいと思ってしまいます。

母と藤野さんと目黒さん。母はいうまでもなく私にとって大切な「お母さん」で今も恋しくて会いたいと思う。長い反抗期だったために、いまさらどう母に甘えたらいいのかわからないけど、かなうなら母に甘えてみたい。藤野さんにも今回の歌会始のニュースを伝えたらきっととびっきりの笑顔で「お姉ちゃん、すごいうれしいな」と言ってくれたと思う。ど素人の文を見事に本にして出版して世に出してくれた目黒さんには感謝とお礼を伝えたい。もしできるのであればおいしいお酒を飲みかわしながら話をしたいと思う。三人とも亡くなってしまっているので会うことはできないけど、それでも私の人生の中で大きな存在であることは間違えようもない事実です。

前回の「はるかのひまわり」を出版して一五年の月日が流れ、今は結婚し、昨年は娘が誕生して生活が一変してしまいました。自分の都合より娘の都合。毎日出歩いていたのが、以前では考えられない半引きこもりのような生活。娘は予定日より一ヶ月半ほど早く生まれてＮＩＣＵ（新生児集中治療室）とＧＣＵ（発育支援室）に四週間入って自宅に帰ってきました。私のほうが先に退院して、娘が帰って来るまでは結構ゆっくりさせてもらって助かりました。初めての子どもで夫の母も私の母もいない状況で手さぐりでの育児になりました。今も娘の調子がちょっと悪そうだと内心オロオロし、心配しながら混乱しています。日々のちょっとしたしぐさや成長で小躍りしそうなくらいうれしかったり、なかなか泣き止まないときにはどうしていいのかわからず私まで泣きたい気持ちになりながら生活しています。

娘が生まれてから取材を受けたとき、「娘さんに、はるかのひまわりの活動をしてもらいたいですか？」と訊かれて悩みました。その場では「強制はしないけど娘がしたいと思うなら」と答えましたが、正直娘に負担を掛けたくないと思います。もし、娘から「やりたい」と言ってくることがあれば「ぜひ」と思いますが、娘にとっては見たことも会ったこともない「叔母ちゃん」の話でピンとこないだろうし、無理にするものでもないと思います。ただ、娘には小さいころから少しづつ話をしていこうと思います。叔母ちゃんのこと、震災のこと、はるかのひまわりのこと。理解するまでにはきっと時間がかかるだろうし興味を持つかどうかもわからない。こればかりは娘が大きくなってからのお楽しみでもあります。

夫と結婚したときも特に前もって言ってなかったので、周りには想像上の夫と思われていたり、娘を妊娠したときにも特に何も言っていなかったので、何度か「誰の子？」と訊かれることもありました。結婚も妊娠も別に隠していたわけでもなく、なんとなく伝えるタイミングを逃してしまっただけです。三九歳での高齢出産で体力の回復にも時間がかかり、あんまり周囲にまで気が回っていないこともあるけど、どうぞお許しください。

『増補新版 はるかのひまわり』解説

堀内正美

「殿(との)～、女の子が生まれました、名前は良いと書いて『りょう』って読むんです」

電話の向こうの弾んだ声の主は本著の筆者、加藤いつか。

良かった良かった、お母さんの満子さんに一目会わせてあげたかった……。

僕が神戸に移り住んで一一年目の一九九五年一月一七日五時四六分、阪神淡路震災は起こった。山の上に住んでいた僕の自宅は大きな被害を免れ家族も無事だったが、数多くの友人を失った。

僕は生き残った者たちが補い支え合って行こうと呼びかけ、市民ボランティアネットワーク「がんばろう!! 神戸」を立ち上げ支援活動を始めた。

活動を始めて四年目の一九九九年、町は復旧期から復興期へと歩みを進めていたが、神戸を訪れる方の数は増えなかった。そこで神戸市役所と話し合い、被災した神戸をさまざまな形でご支援くださった全国全世界のみなさんに感謝の気持ちをお伝えし、いま復興へと歩む神戸を訪れていただこうと、二〇〇一年一月一七日から九月までの二五七日間、「神戸21世紀 ひと まち みらい」と名付けた長期イベントを立ち上げた。

市民側からのプロデューサーとして参画した僕は、そのイベントのメインテーマを「神戸からありがとう」とし、イメージカラーは神戸を想像させるブルーとグリーンに、イメージフラワーにはいのちの大切さを伝えていた「はるかのひまわり」を使いたいと思った。

神戸の町を、そして神戸をご支援くださった全国全世界に、「はるかのひまわり」をいっぱい咲かせたい！　との思いから、はるかちゃんのおかあさん満子さんにお願いに行った。

「そんなことなら、ぜひ『はるかのひまわり』を使ってください」と快諾してくださった。

帰り際、満子さんが「わたしも『はるかのひまわり』の種をお渡しする活動に参加させてもらえませんか……」と、消え入るような声で呟かれた。

満子さんはひまわりの種を小分けにした小袋を神戸市内の駅前や街なかでお渡しする活動に参加してくださった。雨の日も、雪が降る日も、猛暑の日も、いつもご自分のバッグの中には「はるかのひまわり」の種が入っていた。

体調を崩され透析を受けるようになられても、種の配布は止めなかった。駅前、学校、商店街、とその活動はつづいた。

「私は震災で娘を亡くしました、名前ははるかと言います。震災から四カ月ぐらいたった時、昔なじみの方が、はるかが亡くなった住まいの跡地にひまわりがいっぱい咲いてるよ、と伝えてくれました。はるかが可愛がっていたお隣のオウムの餌のひまわりの種が飛び散り、花を咲かせたのでしょう。しかし私はその花を見に行くことが出来ませんでした……。はるかが亡くなったという現実を受け入れられなかったんです……。

その翌年、地域のみなさんはそのひまわりから採れた種を、はるかちゃんの生まれ変わりだ、と言って毎年毎年蒔いて花を咲かせてくださっています。でもいままでは辛すぎてひまわりを見に行くことが出来ませんでしたが、今年は行こうと思います。みなさんもぜひ『はるかのひまわり』を咲かせてやってください」

満子さんは「こうして種をお渡ししていると、はるかといつも一緒にいる気分なんですよ〜」と笑顔でおっしゃっていたのを思い出す。

はるかちゃんの姉いつかにも声がけするが、「……何でわたしがやんなきゃいけないの……」の一言……。

満子さんの葬儀の時には葬儀社のスタッフが、季節外れのひまわりの花を祭壇に手向けてくださった。

満子さんの死で、いつかの重いこころの扉は少しだけ開いた……。

震災で最愛の妹を亡くし、母と父は病に倒れ、喪失と悲嘆の暗闇にポツンとひとり取り残された少女いつか……。

いつかの家族に起こったこと、これは震災という特別な出来事によって引き起こされたことではなく、日常のごく当たり前の、誰に、どの家族に起きてもおかしくない現実です。

本著は、家族には親子という縦軸だけでなく、兄弟姉妹という大切な横軸があることを教えてくれた、いつかのこころの叫びでもあります。

その後、「はるかのひまわり」の種をお渡しする活動は、神戸市内から始まり、全国、全世界に広がり、一四年前からは、天皇皇后両陛下が御所に「はるかのひまわり」の花壇をお作りくださって、毎年大輪の花を咲かせている。

平成最後の歌会始では、天皇陛下がはるかのひまわりをうたってくださった。

贈られし
ひまはりの種は
生え揃ひ
葉を広げゆく
初夏の光に

いつかと出会って二〇年、いつかの元にコウノトリが、良ちゃんというひまわりのような笑顔の赤ちゃんを届けてくれた！

みなさんもぜひ、「はるかのひまわり」を咲かせてください！

◇ご一読されたあなたへ

この本は本棚にしまいこまないでください……。お友だち、ご家族にも読んでもらってください！　そして、みなさんで話し合ってください！

（ほりうち・まさみ　俳優、慰霊と復興のモニュメント運営委員会委員長、NPO法人阪神淡路大震災「1・17希望の灯り」設立者）

関連年表

年	月	本書関連事項と平成の主な災害・事故（敬称略）
1995（平成7）	1月	17日、阪神淡路大震災（死者6437人）
	7月	神戸市東灘区の藤野芳雄、加藤家跡地にひまわりが咲いているのを知る
1996（平成8）	4月	藤野芳雄と地域の仲間たちが「はるかのひまわり」の種まきを始める
1999（平成11）	1月	17日、最初の「震災モニュメントマップ」完成
	4月	加藤いつか、専門学校入学。この年、ひとり暮らしを始める
2000（平成12）	1月	17日、東遊園地（神戸市中央区）に「1・17希望の灯り」建立
	9月	11～12日、東海豪雨（死者10人）
2001（平成13）	1月	15日、加藤いつか、本山第二小学校を訪れたアレキサンドラ・ニキータと対面
		17日、「神戸21世紀・復興記念事業」開始。「神戸からの感謝の手紙」シンボルフラワーにひまわりが選ばれる
	7月	21日、明石歩道橋事故（死者11人）
2002（平成14）	3月	「阪神淡路大震災1・17希望の灯り」（HANDS）設立総会。加藤いつか、発起人として参加。のち理事就任
		加藤いつか、初めて「はるかのひまわり」種まきに参加（この秋、ひとり暮らしをやめて実家に戻る）
	5月	阪神大震災復興市民まちづくりネットワークの天川佳美、ニューヨークに「はるかのひまわり」の種をまく
	7月	加藤いつか、「ひまわりウォーク」に参加。同月、「阪神淡路大震災1・17希望の灯り」、NPO法人認可取得
		※この年、加藤いつかの母・満子の透析が始まる
2003（平成15）	1月	13日、加藤いつか、NHK「青春メッセージ」全国大会出場
		17日、加藤いつか、初めて「1・17の集い」（阪神淡路大震災追悼式）に参加、遺族代表として追悼文を読む
2004（平成16）	7月	12～13日、新潟福島豪雨（死者16人）
	10月	20日、台風23号（兵庫県豊岡市ほか。死者98人）
	10月	23日、新潟県中越地震（死者68人）
	12月	10日、加藤いつか著『はるかのひまわり』（ふきのとう書房）刊行

年	月	事項
2005(平成17)	1月	17日、「阪神・淡路大震災十周年追悼式典」に天皇皇后両陛下が行幸啓、遺族代表の小西理菜(当時小学校5年生)から「はるかのひまわり」の種を贈られる
	3月	20日、福岡県西方沖地震(死者1人)
	4月	25日、JR西日本福知山線脱線事故(死者107人)
2006(平成18)	12月	～翌1月、平成18年豪雪(新潟、秋田、北海道など。死者152人)
2007(平成19)	3月	25日、能登半島地震(死者1人)
	7月	16日、新潟県中越沖地震(死者15人)
2008(平成20)	6月	14日、宮城岩手内陸地震(死者23人)
2009(平成21)	8月	11日、台風9号(兵庫県佐用町ほか。死者27人)
2011(平成23)	1月	18日、加藤満子逝去(享年61)
	3月	11日、東日本大震災、東京電力福島第1原子力発電所事故(死者2万2199人)
2012(平成24)	1月	17日、加藤はるかと母・満子の遺骨が一緒に須磨寺に納骨される
	11月	18日、藤野芳雄逝去(享年60)
2014(平成26)	8月	19～20日、広島土砂災害(死者77人)
	9月	27日、御嶽山噴火(死者63人)
2015(平成27)	4月	加藤いつか、結婚
	9月	10～11日、関東東北豪雨(死者20人)
2016(平成28)	4月	14日および16日、熊本地震(死者273人)
2018(平成30)	6月	18日、大阪府北部地震(死者6人)
	7月	6～8日、西日本豪雨(死者258人)
	9月	6日、北海道胆振東部地震(死者42人)
		加藤いつか、第1子(長女)を出産
2019(平成31)	1月	16日、歌会始の儀、御製で「はるかのひまわり」が詠まれる

※災害の日付と死者数は内閣府「防災情報のページ」(http://www.bousai.go.jp/)、神戸新聞を参照。死者数は行方不明者および関連死を含む。

著者略歴

加藤いつか

1979年、神戸市生まれ。1995年1月17日、中学３年生のときに阪神淡路大震災で妹・はるかを亡くす。高校卒業後、専門学校を経て介護職に従事。ＮＰＯ法人阪神淡路大震災「1.17希望の灯り」理事。

増補新版 はるかのひまわり

震災で妹を亡くした姉が綴る 残された者たちの再生の記録

加藤いつか 著

2019年3月11日　初版第１刷発行

装幀　原 拓郎
装画　有村 綾

発行所　株式会社苦楽堂
http://www.kurakudo.jp

発行者　石井伸介
〒650-0024　神戸市中央区海岸通2-3-11 昭和ビル101
Tel & Fax:078-392-2535

印刷・製本　中央精版印刷株式会社

©ITUSKA (Kikuchi)Katou
PRINTED IN JAPAN
ISBN 978-4-908087-10-3

本文仕様

タイトル、章扉	FOT-筑紫明朝 Pr5 R（フォントワークス）
小見出し	FOT-筑紫ゴシック Pro D（フォントワークス）
本文	FOT-筑紫明朝 Pr5 L（フォントワークス）

装幀仕様

カバー	OKトップコート+ / 四六判 Y目135kg ※仕上げ=マットPP
帯	OKトップコート+ / 四六判 Y目110kg ※仕上げ=グロスPP
本表紙	ヴァンヌーボ F-FS/ ナチュラル / 四六判 Y目180kg
見返し	アラベール / ナチュラル / 四六判 Y目110kg
別貼扉	アラベール / スノーホワイト / 四六判 Y目110kg
本文	オペラクリームマックス（84.9g/ 平方メートル）